*I fili*

*Nella stessa collana*

Jean Baudrillard
*Lo spirito del terrorismo*

Jacques Derrida
*Perdonare*

Giulio Giorello
*Di nessuna chiesa*

Hannah Arendt
*L'umanità in tempi bui*

Vito Mancuso

# La vita autentica

Raffaello Cortina Editore

www.raffaellocortina.it

ISBN 978-88-6030-299-1

Milano, via Rossini 4

Prima edizione: 2009

Stampato da
Consorzio Artigiano LVG, Azzate (Varese)
per conto di Raffaello Cortina Editore

Ristampe

| 0 | 1 | 2 | 3 | 4 | 5 |
|---|---|---|---|---|---|
| 2009 | 2010 | 2011 | 2012 | 2013 | |

# Indice


Prefazione 9

La vita come libertà 21
1. Che cos'è la vita? 23
2. Contraddizioni bibliche 26
3. Contraddizioni filosofiche 32
4. E gli scienziati? 35
5. Il principio contraddizione 40
6. Il principio libertà 44
7. Einstein e le armi atomiche 46

L'autenticità 55
8. "Un fondamento tutto mio" 57
9. Sulle neuroscienze 69
10. Raccogliamo una pietra, ovvero l'origine dell'inautenticità 77
11. La trappola, e la menzogna come evasione 83
12. Fedeltà a se stessi 94
13. Critica di se stessi 100
14. Che cos'è la verità? 111
15. Le due dimensioni dell'autenticità 119
16. La speranza di un uomo 127

Perché la vita autentica 139
17. La grande obiezione 141
18. La risposta è la relazione 150
19. Tre importanti precisazioni 161
20. Il punto fermo (che non è immobile) 167

Dedico questo piccolo saggio a una mia grande maestra di autenticità, J.K., ingegnere civile, pittrice di spazi interiori, mia moglie.

# Prefazione

Già l'autenticità degli oggetti è spesso particolarmente complessa, qualcuno ne ha esperienza con le banconote. Ma prendiamo le opere d'arte: quel crocifisso sarà veramente di Michelangelo? Quei due brani musicali saranno davvero due inediti giovanili di Mozart? Non è raro che si accendano discussioni infinite tra chi sostiene l'autenticità di un oggetto artistico e chi la nega, senza peraltro che si abbia quasi mai la fortuna di poter inequivocabilmente mettere fine alle dispute. Un'eccezione abbastanza spassosa si ebbe a metà degli anni Ottanta a proposito di alcune sculture a forma di testa umana ritrovate a Livorno e presto attribuite a Modigliani dai maggiori critici d'arte del tempo, e che invece poi si rivelarono, per esplicita confessione degli autori, una burla ottimamente congegnata. Ma se l'autenticità è una questione complessa per gli oggetti, tanto più lo è per la vita, notoriamente ben poco oggettivabile. Inoltre, mentre per le opere d'arte ci sono i critici e per le banconote ci sono le speciali macchinette che si possono vedere in azione alla cassa del supermercato, per la vita, per una singola vita, chi può stabilire l'autenticità? Chi, di fronte a un determinato essere umano, si può assumere il diritto di dichiarare che la sua vita non è autentica? In base a quale criterio? Ognuno non ha il diritto di vivere come meglio gli pare? E non è sempre autentica una vita per il fatto stesso di essere vissuta, di esserci?

Tuttavia io credo che ognuno abbia fatto esperienza di essere trattato in modo inautentico. Oppure di trattare gli altri in modo inautentico. Forse pochi hanno avuto la sgradevole sensazione di ritrovarsi tra le mani una banconota falsa, ma temo che tutti abbiano sperimentato il tradimento, l'abbandono, l'inganno, l'emarginazione, la violenza. Magari fin dalla tenera età. È l'esperienza a dimostrare con pesante evidenza che vi sono parole autentiche e parole che non lo sono, sorrisi autentici e sorrisi che non lo sono, e lacrime, silenzi, sguardi, dichiarazioni, strette di mano, pacche sulle spalle, brindisi, baci, lettere, sentimenti, amori... che sono autentici e altri che non lo sono. Una drammatica ambiguità avvolge ogni forma di comunicazione umana. Ognuno può vivere come gli pare, certo, e di fatto è così, ma vi sono uomini di fronte ai quali si prova un istintivo senso di ammirazione e di stima, e altri che suscitano solo pena e disgusto. Non ogni vita, quindi, per il solo fatto di essere vissuta, è autentica; a volte può esserlo e a volte no. Ma qual è il criterio per definire se una vita è autentica o non lo è?

Io ritengo che tra le finalità delle scienze dell'uomo (le scienze dello spirito che il filosofo tedesco Wilhelm Dilthey distingueva dalle scienze naturali) vi sia la delineazione dei criteri di autenticità della vita umana. Anzi, aggiungo che si tratta di una tematica di così vitale importanza da misurare il valore delle singole competenze, in particolare nel campo della psicologia, della filosofia e della teologia. Il metro che le misura, mettendo alla prova quanto siano effettivamente sapere e non solo erudizione, è la capacità di illuminare la vita concreta. Qualcuno può essere un esperto imbattibile di sant'Agostino e di san Tommaso, un altro di Popper e della filosofia della scienza contemporanea; qualcuno può sapere a memoria il testo ebraico e il testo greco della Bibbia, un altro può essere un luminare delle neuroscienze, uno di quei professori "di chiara fama internazionale" parlando con i quali si ha sempre un po' il sospetto di essere oggetto di un esperimento, se non di un esame. Ognuno può essere l'esperto riconosciuto di questo o di quel ramo dell'immenso albero delle scienze dell'uomo, e può essere di sinistra o di destra, ateo o agnostico o credente e, se crede, può aderire a questa o a quella religione tra le varie presenti nel mondo, ma penso che l'elemento decisivo per il sapere umanistico sia l'individuazione di che cos'è che rende *autentica* la vita di un uomo.

Spiego ciò che intendo con una celebre pagina di Shakespeare. La battaglia di Filippi si è conclusa con la vittoria di Antonio e di Ottaviano contro Bruto e Cassio: i capi dei congiurati sono morti, l'assassinio di Cesare è finalmente vendicato. Ma nel vedere il cadavere di Bruto, suicidatosi poco prima gettandosi sulla spada impugnata dal suo schiavo, Antonio dichiara: "Gli elementi erano così composti in lui, che la natura potrebbe levarsi e proclamare a tutto il mondo: 'Questo era un uomo!'".[1] È noto che Antonio aveva mosso guerra a Bruto fin dal primo istante, che l'aveva subito annoverato tra "questi macellai [...] che hanno versato questo sangue prezioso",[2] che l'aveva inseguito fino in Asia, dove alla fine l'aveva sconfitto; ma ora, di fronte al cadavere dell'avversario, sente salire dentro di sé un irresistibile senso di rispetto: "Questo era un uomo!".

Si tratta di un concetto caro a Shakespeare. Nella sua tragedia più famosa, Orazio dice a Amleto, a proposito del padre defunto, che "era un vero re", al che Amleto risponde: "Era un uomo". E aggiunge: "Non ne vedrò mai un altro come lui",[3] facendo comprendere che dicendo "un uomo" intendeva un'altissima qualità morale, una peculiare tensione spirituale.

1. William Shakespeare, *Giulio Cesare* (1599-1600), atto quinto, scena quinta; tr. it. di Antonio Meo, Garzanti, Milano 1974, p. 85.
2. *Ibidem*, atto terzo, scena prima, p. 45.
3. William Shakespeare, *Amleto* (1600-1601), atto primo, scena seconda; tr. it. di Antonio Meo, Garzanti, Milano 1974, p. 13.

In queste pagine io mi chiedo quale sia la qualità che, persino di fronte a un nemico mortale, ci fa sentire in presenza di "un uomo", mentre in assenza della quale, anche di fronte a un amico o a un alleato, ci sentiamo in presenza di uno spirito servile, magari di qualcuno che rientra nella quinta delle cinque categorie in cui, in un romanzo di Leonardo Sciascia, si divide l'umanità.[4] Mi chiedo che cosa faccia di un uomo "un vero uomo". È questo che intendo con "autenticità della vita", ed è questo l'oggetto che indago in questo piccolo saggio.

4. Così il padrino don Mariano Arena: "Io ho una certa pratica del mondo; e quella che diciamo l'umanità [...] la divido in cinque categorie: gli uomini, i mezz'uomini, gli ominicchi, i (con rispetto parlando) pigliainculo e i quaquaraquà" (Leonardo Sciascia, *Il giorno della civetta*, 1961, in *Opere*, a cura di Claude Ambroise, Bompiani, Milano 2001[3], p. 466). Shakespeare mi consente di ripristinare il tono del discorso con il giudizio che Antonio, parlando con Ottaviano, esprime su Lepido: "Sebbene carichiamo questi onori su quest'uomo egli non farà che portarli come l'asino porta l'oro [...]. Tale è anche il mio cavallo [...] è una creatura alla quale insegno a combattere, volteggiare, fermarsi, correre diritto in avanti; il suo movimento corporale è governato dal mio spirito. E, in una certa misura, Lepido non è che così: bisogna insegnargli, addestrarlo e ordinargli di andare avanti; un individuo dallo spirito sterile" (William Shakespeare, *Giulio Cesare*, cit., atto quarto, scena seconda, p. 58).

Esso si costituisce attorno a tre tesi:

1. L'uomo autentico è l'uomo libero.
2. L'uomo autentico è l'uomo libero anzitutto da se stesso.
3. L'uomo autentico è l'uomo che vive per la giustizia, il bene, la verità.

La prima e la seconda tesi sono in dialettica tra loro, perché, come avrò modo di argomentare, proprio l'elemento essenziale per l'autenticità e in assenza del quale non si ha vita autentica, cioè la libertà (prima tesi), è al contempo la causa dell'inautenticità (seconda tesi). Autentico, dal greco *autòs* cioè "se stesso", significa "che è se stesso", ma il paradosso è che proprio dall'interno del sé nascono le cause dell'inautenticità. Proprio ciò a cui si deve essere fedeli per essere autentici è quanto origina l'inautenticità. Ne viene che per essere autentici occorre essere fedeli a se stessi ma, nello stesso tempo, diffidare di sé. C'è un necessario legame con se stessi, ma un'altrettanto necessaria esigenza di superarsi. Il cammino verso la vita autentica consiste quindi nel procedere su una specie di crinale, nel suscitare la libertà ma anche nel disciplinarla, nel voler essere pienamente liberi perché solo così si è uomini e non servi, ma nel volere altresì che la prima vera libertà sia di tipo interiore e corrisponda al dominio sulle menzogne di cui ognuno si sa capace "in pensieri, parole, opere e omissioni".

La via per risolvere la dialettica della libertà è dichiarata nella terza tesi, la quale sostiene che la libertà si compie solo nella misura in cui ci si dedica a qualcosa di più grande di sé o, meglio, del sé: una grandezza che il pensiero umano nomina in vari modi, di cui i principali sono giustizia, bene, verità. Io sostengo che l'uomo autentico è l'uomo giusto, è l'uomo che vive per attuare il bene dentro e fuori di sé, è l'uomo che ama sopra ogni cosa la verità.

Mi rendo perfettamente conto di quanto questa concezione possa risuonare inattuale, soprattutto per gli equivoci suscitati dal termine *verità*, spesso associato così strettamente al concetto di *autorità* da produrre una mortificazione inevitabile della vita come libertà. L'esperienza quotidiana mostra del resto non pochi esempi di uomini che pretendono di vivere per la verità e che però, proprio per questo, non sono per nulla liberi, ma autoritari, in permanente polemica con il mondo e talora persino aggressivi. La storia insegna a sua volta che non sono state poche le vittime uccise nel nome della verità (e che si chiamasse "dottrina della fede" oppure "ideologia di partito" è secondario). Si trattava però di una concezione falsa, addirittura blasfema, di verità, della quale si può parlare adeguatamente solo pensandola come perfetta armonia e associandola ai concetti di bene e di giustizia, ai quali il termine "verità" conferisce consistenza oggettiva. La scommessa teoretica di questo piccolo saggio consiste nel sostenere che verità, bene e giustizia sono un'unica cosa, e che la vita dell'uomo diviene autentica quando fa di quest'unica cosa la stella verso cui orientare la libertà.

***

Sono stato spinto a scrivere queste pagine dall'invito a tenere un seminario sull'autenticità nell'edizione 2009 di "Torino Spiritualità". Riflettere su tale tematica ha significato per me uscire dal mio ambito peculiare, la teologia, ed entrare nel mare aperto della riflessione. Ma è solo così, credo, che la teologia può sperare di tornare a incidere sulla vita concreta: solo se ha il coraggio di entrare nel laboratorio sperimentale della ricerca sulla vita. Ho tentato di concretizzare quanto auspicava uno dei più grandi teologi del Novecento, il gesuita tedesco Karl Rahner, quando scriveva che "dobbiamo pensare l'affermazione fondamentale del cristianesimo come risposta alla domanda e al problema che l'uomo è", risposta per la quale è necessaria, diceva, "un'unità di filosofia e di teologia".[5] Non so se ci sono riuscito, ma è in questa prospettiva, come già per *L'anima e il suo destino*, che anche qui mi sono rivolto alla coscienza laica, intendendo con ciò quella sete di conoscenza presente in ogni uomo, credente o non credente, che cerca la verità per se stessa e non per appartenere a un'istituzione, che vuole aderire alla verità ma senza forzature ideologiche, e che avverte una spinta interiore a mettersi in ricerca uscendo dalle dimore familiari della mente. Allo stesso modo del filosofo Diogene che "durante il giorno andava in giro con la lanterna accesa dicendo 'cerco l'uomo'",[6] an-

5. Karl Rahner, *Corso fondamentale sulla fede. Introduzione al concetto di cristianesimo* (1976), tr. it. di Carlo Danna, Edizioni Paoline, Roma 1978³, pp. 28-29.

6. Diogene Laerzio, *Vite dei filosofi*, VI, 41; ed. it. a cura di Marcello Gigante, Laterza, Roma-Bari 2003, p. 218.

ch'io in queste pagine ho cercato *l'uomo* (non senza specificare, come amava ripetere un vivace monsignore, che dicendo "uomo" ho inteso abbracciare anche le donne).

# La vita come libertà

## *1. Che cos'è la vita?*

Il criterio di autenticità della vita deve essere intrinseco alla vita stessa, non provenirle dall'esterno come qualcosa di estraneo e inevitabilmente autoritario, come una norma, un comando, un'ideologia di qualunque tipo che pretenda di giudicare che cosa sia autentico e che cosa non lo sia in casa nostra. Per questo è necessario indagare la vita per quello che essa è nella sua semplice e nuda realtà. Ma che cos'è la vita? È anzitutto un fenomeno fisico e biologico che ci accomuna a ogni altro essere vivente, base dell'esperienza vitale nelle innumerevoli forme in cui essa si declina: bisogno di cibo, passione erotica, curiosità di conoscere, dolore fisico, quiete gioiosa per una sera d'inverno a casa in famiglia, voglia di evasione in una notte d'estate e mille altri istinti, paure, desideri, avventure.

Questo fenomeno fisico e biologico della vita viene interpretato dal pensiero contemporaneo secondo due paradigmi, opposti tra loro: il paradigma della sacralità, per il quale la vita è un dono che discende dall'alto e quindi non è disponibile da parte del soggetto che la riceve, e il paradigma della libertà, per il quale la vita emerge dal basso e quindi è pienamente disponibile da parte di chi l'esperisce.[1] Il dato oggettivo, uguale per tutti, è la vita; i concetti di sacralità e di libertà ne sono interpretazioni.

Ma il dato della vita va interpretato in primo luogo come *sacro* o come *libero*? Se è la sacralità della vita a normare la libertà, quest'ultima a un certo punto si dovrà fermare; viceversa, se è la libertà a normare la sacralità, il rispetto verso la vita a un certo punto si potrà sospendere, non sarà mai incondizionato. Ma a quale dei due principi spetta il primato?

In questa alternativa si annidano i due paradigmi che dividono la cultura contemporanea in materia di bioetica. Io qui non in-

1. La teoria dei due paradigmi bioetici si deve a Giovanni Fornero, *Bioetica cattolica e bioetica laica*, Bruno Mondadori, Milano 2005, con una seconda edizione nel 2009 dotata di un "Poscritto" particolarmente utile proprio per la teoria dei paradigmi.

tendo per nulla entrare nel labirinto bioetico, mi limito solo a dichiarare che il mio orientamento di fondo consiste nel distinguere tra vita propria e vita altrui, e a pensare la vita propria alla luce del primato della libertà e la vita altrui alla luce del primato della sacralità. Qui mi interessa piuttosto quest'altra domanda: se la vita, che è il dato oggettivo che le due interpretazioni rivali pretendono di rappresentare, potesse parlare, a chi darebbe ragione? Se potesse parlare, che cosa direbbe di se stessa la vita?

Evidentemente non lo possiamo sapere, perché la vita non parla da sé, anzi, "la Natura ama nascondersi", diceva Eraclito.[2] Ma se la vita non parla, di essa parlano gli uomini, e gli uomini non sono una cosa estranea rispetto alla vita; ne sono una parte, e anche abbastanza privilegiata: sono il fenomeno mediante il quale la vita diviene consapevole di sé. Quindi io penso che a partire dai discorsi degli uomini sulla vita sia possibile intuire qualcosa di ciò che la vita direbbe se potesse parlare da sé. Rinvenire questo discorso della vi-

2. Cito il detto di Eraclito da Diels-Kranz, 22 B 123; tr. it. di Gabriele Giannantoni, in *I Presocratici. Testimonianze e frammenti*, Laterza, Roma-Bari 1990[4], tomo primo, p. 220.

ta (questo *lógos* pronunciato dal *bíos*) è fondamentale, perché solo così è poi possibile non solo costruire legittimamente una bio-etica, ma soprattutto intravedere il criterio della vita autentica. Ribadisco infatti che per poter rispondere alla domanda sulla vita autentica occorre prima capire quale logica emerga dalla vita stessa, facendo di questa logica intrinseca alla vita il criterio in base a cui giudicare le situazioni nel loro grado di autenticità senza l'intromissione di istanze esteriori. Si tratta, in altri termini, di capire prima di tutto come si comporti la vita verso di noi, per poi capire come ci dobbiamo comportare noi verso di lei e dentro di lei.

La domanda quindi è: guardando alla vita nel suo svolgimento concreto così come avviene ogni giorno davanti ai nostri occhi, è possibile individuarne una logica? Con questa domanda in mente rivolgo ora la mia attenzione ai discorsi degli uomini sulla vita.

## 2. *Contraddizioni bibliche*

Da credente per prima cosa apro la Bibbia. Mi imbatto nei racconti della creazione di *Genesi* 1 e di *Genesi* 2, dai quali appare che la vita è creata da Dio in ogni sua forma, dalla vita delle stelle (le quali, per quanto prive di vita organica, hanno comunque un ciclo vitale – per esempio il Sole risulta nato cinque miliardi di anni fa e destinato a morire tra altri cinque miliardi di anni) alla vita vera e propria di piante, animali, uomini. Oltre ai due racconti del libro della *Genesi* vi sono nella Bibbia altri resoconti sulla creazione, come *Proverbi* 8,22-31, *Giobbe* 28, *Siracide* 24, *Sapienza* 7,17-8,6 e altri testi disseminati qua e là. Uno di questi afferma che Dio "rivestì gli uomini di una forza pari alla sua e a sua immagine li formò. In ogni vivente infuse il timore dell'uomo perché dominasse sulle bestie e sugli uccelli [...]. Pose davanti a loro la scienza e diede loro in eredità la legge della vita" (*Siracide* 17,3-4 e 9). Sottolineo "legge della vita": per questo testo c'è una legge della vita, che non è puro arbitrio o cieco caso, ma è custodita da una specie di diritto divino. Leggo alcuni salmi che magnificano il giusto governo di Dio sulla natura, per esempio il 104, e rileggo nel 139 le consolanti parole che conosco fin da quando ero ragazzo: "Sei tu che hai creato i miei reni e mi hai tessuto nel grembo di mia madre [...] non ti erano nascoste le mie ossa quando venivo formato nel segreto [...] ancora informe mi hanno visto i tuoi occhi" (versetti 13, 15 e 16). Dio quindi governa la natura, e a tale governo divino sui fenomeni naturali si affianca un altrettanto fermo governo sulla storia degli uomini, come fa capire il salmo 37: "Sono stato fanciullo e ora sono vecchio: non ho mai visto il giusto abbandonato né i suoi figli mendicare il pane" (*Salmi* 37,25). Leggo nel Vangelo che "persino i capelli del vostro capo sono tutti contati" (*Matteo* 10,30) e che quindi non devo avere paura, perché se non cade a terra un passero senza il volere di Dio, tanto più io e gli altri uomini godiamo di una tutela speciale: "Voi valete più di molti passeri!" (*Matteo* 10,31).[3]

Traggo una duplice conclusione: 1) in quanto fenomeno naturale gli uomini sono a immagine di Dio, anzi sono tessuti dalle sue stesse mani; 2) in quanto fenomeno storico sono oggetto di una sua cura premurosa. Dalla Bibbia sembra quindi emergere un messaggio chiaro e rassicurante: la vita è un

3. Il punto esclamativo è una scelta della versione ufficiale della Conferenza episcopale italiana, perché nel testo originario, non essendo previsto dal greco antico, evidentemente non c'è.

dono, possiede una logica giusta e razionale, ed è tanto ben governata da rispecchiare la bontà del suo autore. Ne viene la possibilità di configurare un'etica di comportamento verso di essa nel senso che dal fenomeno *bíos* deriva uno specifico *éthos* e, prima ancora, un criterio in base a cui giudicare l'autenticità dei fenomeni vitali.

Sempre nella Bibbia, però, ritrovo un'altra prospettiva, del tutto diversa. Recita *Qohelet* a proposito degli uomini "che essi di per sé sono bestie, infatti la sorte degli uomini e quella delle bestie è la stessa: come muoiono queste, così muoiono quelli; c'è un solo soffio vitale per tutti" (*Qohelet* 3,18-19). Contrariamente al libro del *Siracide*, che distingue accuratamente gli uomini dalle bestie, il libro del *Qohelet* li identifica, persino per quanto riguarda la natura dell'anima, perché "c'è un solo soffio vitale per tutti". Chi tra i due autori biblici ha ragione?

Nella medesima prospettiva di *Qohelet* vi sono molti salmi, per esempio il salmo 39, o più ancora il salmo 88, "la più drammatica delle suppliche".[4] Dice questo salmo: "Sono

4. Gianfranco Ravasi, *Il libro dei Salmi. Commento e attualizzazione*, EDB, Bologna 1981, vol. I, p. 709.

sazio di sventure, la mia vita è sull'orlo degli inferi [...]. Sin dall'infanzia sono povero e vicino alla morte, sfinito sotto il peso dei tuoi terrori" (versetti 4 e 16). Questo salmo dice esattamente il contrario del salmo 37 citato sopra, nel quale l'autore guardava da vecchio a tutta la vita trascorsa dicendo di non aver mai visto un giusto abbandonato; qui si dice invece che "sin dall'infanzia sono povero e vicino alla morte, sfinito sotto il peso dei tuoi terrori". Chi tra i due salmisti ha ragione?

Qualche tempo fa una donna, malata da molti anni, nauseata dalla vita, mi ha scritto parole abbastanza simili a quelle del salmo 88: "Da troppi anni il dolore è diventato onnipresente, ossessivo nelle sue variegate forme, il mio unico universo ormai, senza una fine. E allora uno non si chiede neppure più il senso del dolore, chiede solo la fine del dolore". Sfoglio ancora la Bibbia e ritrovo queste parole: "Meglio la morte che una vita amara, il riposo eterno che una malattia cronica" (*Siracide* 30,17). Giobbe grida che vi sono uomini che "aspettano la morte", "che la cercano più di un tesoro", "che gioiscono quando trovano una tomba" (*Giobbe* 3,21-22). E Giobbe non lo dice per condannarli, anzi chi verrà condannato da Dio alla fine del libro è chi sostiene la prospettiva contraria alla sua, quella dei cosiddetti amici Elifaz, Bildad, Zofar e del giovane teologo Elihu, uno spirito focoso e zelante che per difendere l'ortodossia non aveva esitato a calunniare Giobbe così: "Quale uomo è come Giobbe che beve l'insulto come l'acqua, che cammina in compagnia dei malfattori e che va con uomini iniqui?" (*Giobbe* 34,7-8). Di fronte a chi protesta perché gli hanno ucciso i figli a causa di una singolare scommessa di Dio su di lui (a proposito di sacralità della vita!), lo zelante apologeta della fede a corto di argomenti non trova di meglio che ricorrere alla denigrazione personale, secondo un cliché ancora in uso tra gli Elihu dei nostri giorni.

Ciò che comunque qui mi interessa sottolineare è che dalla Bibbia, oltre alla visione della vita come fenomeno armonico e ben governato, emerge anche un'altra prospettiva, altrettanto chiara ma molto meno rassicurante: la vita non è giusta, non è razionale, non è ben governata, e non contiene nessuna logica che ne rispecchi l'autore. Ne viene che a partire dalla vita, stando all'esperienza vitale depositata nella Bibbia, non è possibile né configurare un'etica di comportamento verso di essa (dal *bíos* nessuno specifico *bioethos*) né entrare in possesso di un univoco criterio per l'autenticità.

## *3. Contraddizioni filosofiche*

La medesima duplicità è presente nella filosofia (e nella letteratura). Scrive Aristotele che "la vita è per natura un bene", che "il vivere è cosa desiderabile", che "l'esistere è desiderabile per il fatto di percepire che la persona stessa che si è, è un bene".[5] Epicuro, però, non la pensava così e verso il 306 a.C. in un giardino di Atene fondò una scuola per insegnare che, essendo il caso il motore della vita, in essa non vi è alcun *lógos* che non sia quello minimalista di limitare i danni, ritirandosi a coltivare le piccole gioie che dalla vita, nonostante tutto, è possibile trarre. Pochi anni dopo Zenone fondò un'altra scuola (che prese il nome dal portico che l'ospitava chiamandosi *stoà*, in greco appunto "portico") insegnando l'esatto contrario, cioè l'esistenza della provvidenza e la sensatezza della vita, la

5. Aristotele, *Etica nicomachea*, IX, 9, 1170b; ed. it. a cura di Marcello Zanatta, Rizzoli, Milano 1986, p. 813.

quale va spesa non nel chiuso di un giardino come insegnava Epicuro ma al servizio della *pólis* (da cui, com'è noto, viene *politica*). Nella medesima prospettiva di fiducia verso la vita e la sua necessità razionale è possibile richiamare molti filosofi moderni, tra cui Spinoza, Leibniz, Hegel. Persino un autore come Hume, esponente di spicco dello scetticismo moderno al quale Kant attribuisce il merito di averlo risvegliato dal "sonno dogmatico", ha scritto: "Una finalità, un piano, un disegno, sono evidenti in tutte le cose, e quando la nostra mente si mette a contemplare la prima origine del sistema, dobbiamo accogliere con salda convinzione l'idea di un suo autore o di una sua causa intelligente".[6]

Di contro, Nietzsche scrive che il re Mida inseguì Sileno, seguace di Dioniso, e quando alla fine lo prese gli chiese quale fosse la cosa migliore e più desiderabile per l'uomo: "Rigido e immobile, il demone tace; finché,

6. David Hume, *Storia naturale della religione* (1749-1751), corollario generale; tr. it. di Umberto Forti, riveduta da Paolo Casini, Laterza, Roma-Bari 2007[4], p. 145. Kant si riferisce a Hume nella Prefazione dei *Prolegomeni a ogni metafisica futura che vorrà presentarsi come scienza* (1783); ed. it. a cura di Piero Martinetti, postfazione e apparati di Massimo Roncoroni, Rusconi, Milano 1995, p. 37.

costretto dal re, esce da ultimo fra stridule risa in queste parole: 'Stirpe miserabile ed effimera, figlia del caso e della pena, perché mi costringi a dirti ciò che per te è vantaggiosissimo non sentire? Il meglio è per te assolutamente irraggiungibile: non essere nato, non essere, essere niente. Ma la cosa in secondo luogo migliore per te è – morire presto'".[7] Si tratta di parole già scritte da Sofocle nell'*Edipo a Colono*: "Non essere nati è condizione che tutte supera; ma poi, una volta apparsi, tornare al più presto colà donde si venne, è certo il secondo bene".[8] Il filosofo della modernità che più ha dato voce a questa prospettiva è stato Arthur Schopenhauer, dalla cui lettura non si esce mai come prima. Quello che vorrei sottolineare è come viene definita la specie umana da parte di Sileno, "figlia del caso e della pena". Queste parole di oltre due millenni fa ci collegano direttamente alla sensibilità contemporanea.

7. Friedrich Nietzsche, *La nascita della tragedia* (1876); tr. it. di Sossio Giametta, Adelphi, Milano 2008[27], pp. 31-32. Vedi al riguardo Umberto Curi, *Meglio non essere nati. La condizione umana tra Eschilo e Nietzsche*, Bollati Boringhieri, Torino 2008.

8. Sofocle, *Edipo a Colono*, versi 1224-1227; tr. it. di Umberto Albini e Vico Faggi, in *Tutte le tragedie*, Mondadori, Milano 2007, p. 647.

## *4. E gli scienziati?*

Qualcuno potrebbe pensare che con gli scienziati, adusi all'oggettività, il problema della logica della vita possa finalmente ricevere una risposta chiara e definitiva. Ma il dibattito degli scienziati riproduce la medesima divisione. Jacques Monod, Nobel per la medicina nel 1965, in *Il caso e la necessità* descrive l'universo come inospitale per la vita e l'uomo come "uno zingaro" ai suoi margini, e conclude: "L'antica alleanza è infranta; l'uomo finalmente sa di essere solo nell'immensità indifferente dell'Universo da cui è emerso per caso".[9] In aperto contrasto Christian de Duve, Nobel per la medicina nel 1974, scrive: "Alla famosa frase di Monod: 'L'universo non era gravido di vita, né la biosfera era gravida dell'uomo', io rispondo: 'Lei sbaglia; erano gravidi'". E ancora: "Io considero questo universo non come uno scherzo cosmico, bensì come un'entità dotata di significato, fatta in modo tale da generare la vita e la mente, destinata a dare origine a esseri pensanti in grado di discernere la

9. Jacques Monod, *Il caso e la necessità* (1970), tr. it. di Anna Busi, Mondadori, Milano 1997, pp. 157 e 163-164.

verità, di apprendere la bellezza, di sentire amore, di desiderare il bene, definire il male, sperimentare il mistero".[10] Chi, tra i due scienziati, ha ragione?

Ciò che conta rilevare è che lo scontro, qui, non è tra il cardinale Roberto Bellarmino e Galileo ma tra due Galileo, due uomini di scienza, entrambi premi Nobel, entrambi discepoli di Darwin nell'accettare l'evoluzione quale punto di vista privilegiato da cui considerare la natura. Ci sono altri esempi di come gli scienziati, quando si tratta di interpretare i dati oggettivi forniti dalla scienza in relazione al senso complessivo della vita, possano giungere a divergere radicalmente. In astrofisica c'è chi pone il non senso e l'assurdità quale sigla finale del tutto, come Steven Weinberg (Nobel per la fisica nel 1979), secondo cui "quanto più l'universo ci appare comprensibile, tanto più ci appare senza scopo".[11] E c'è chi, al contrario, è convinto che l'universo sia compenetrato da una logica orientata verso la vita, come Freeman Dyson,

10. Christian de Duve, *Polvere vitale* (1995), tr. it. di Libero Sosio, Longanesi, Milano 1998, p. 490 e p. 15.

11. Steven Weinberg, *I primi tre minuti* (1977), tr. it. di Libero Sosio, Mondadori, Milano 1998[10], p. 170.

a lungo docente presso l'Institute for Advanced Study di Princeton: "Quanto più lo esamino e studio i particolari della sua architettura, tanto più numerose sono le prove che l'universo, in un certo senso, doveva già sapere che saremmo arrivati. Nelle leggi della fisica nucleare vi sono alcuni esempi molto singolari di coincidenze numeriche che paiono essere accordate tra loro per rendere l'universo abitabile".[12]

Ma la cosa stupefacente è che la contraddizione si ritrova persino all'interno degli autori stessi (quando non siano ideologicamente determinati). Prendiamo Darwin. Non ho motivo di dubitare che siano fondate le affermazioni di un suo illustre studioso quale Telmo Pievani: "L'evoluzione non è automaticamente associabile all'idea di progresso, ma a quella ben più generale di *cambiamento*. Darwin fu bene attento a non confonde-

12. Freeman Dyson, *Turbare l'universo* (1979), tr. it. di Riccardo Valla, Boringhieri, Torino 1981, p. 289; citato da Christian de Duve, *Polvere vitale*, cit., p. 474. Nella stessa prospettiva Einstein parlava di "ammirazione estasiata delle leggi della natura" giungendo a dire che in esse "si rivela una mente così superiore che tutta l'intelligenza umana non è al suo cospetto che un riflesso assolutamente nullo" (Albert Einstein, *Come io vedo il mondo. La teoria della relatività*, tr. it. di Remo Valori, Newton Compton, Roma 1992, p. 22).

re la sua teoria con una dottrina del progresso: la contingenza ambientale dell'adattamento e la casualità della variazione gli impedivano di accettare una direzionalità o un qualsiasi piano di sviluppo nell'evoluzione".[13] È altrettanto vero, però, che Darwin stesso scrive nella Conclusione di *L'origine delle specie*: "E siccome la selezione naturale opera esclusivamente tramite e per il bene di ciascun essere, tutti gli arricchimenti corporei e psichici tenderanno a progredire verso la perfezione".[14] Posso sbagliare, ma a mio avviso si tratta di un'affermazione abbastanza chiara di una "direzionalità" e di un "piano di sviluppo" all'interno della natura, il che indica che allo scienziato inglese non era del tutto estranea l'idea di una teleologia intrinseca all'evoluzione naturale, la quale del resto non a caso si chiama proprio *evoluzione*, cioè "sviluppo", "movimento ordinato a un fine" (definizione del *Vocabolario della lingua italiana* Treccani). Il dilemma appare nettamente in una lettera di Darwin del 1870 a Jo-

13. Telmo Pievani, *Creazione senza Dio*, Einaudi, Torino 2006, p. 119.

14. Charles Darwin, *L'origine delle specie per selezione naturale* (1859), tr. it. di Celso Balducci, in *L'evoluzione*, Newton Compton, Roma 1994, p. 511.

seph D. Hooker, insigne botanico: "Non posso guardare all'universo come al risultato di un cieco caso. Tuttavia non posso vedere prova di un disegno benevolo, o veramente di un disegno di qualunque tipo, nel dettaglio".[15] A prescindere dalle interpretazioni del pensiero di Darwin nel suo complesso, che lascio agli esperti, è evidente che siamo in presenza di un uomo che a proposito del processo vitale nella sua parabola complessiva non accettava né il cieco caso né il disegno, e negava la possibilità di una qualunque dogmatica, tanto teista quanto ateista.

La conclusione da trarre, a mio avviso, è la seguente: visto che i dati oggettivi a disposizione degli scienziati sono i medesimi, è evidente che le nette divisioni tra loro sono create dall'*interpretazione* dei dati, cioè dalla rispettiva visione del mondo. Dietro l'alternativa caso-disegno appare il conflitto metafi-

15. Devo il testo a una relazione di Christoph Schönborn, teologo e arcivescovo di Vienna, presentata al "Ratzinger Schülerkreis" nel 2008, ripresa dal sito www.zenit.it. Schönborn cita il testo originale di Darwin ("I cannot look at the universe as a result of blind chance. Yet I can see no evidence of beneficent design, or indeed any design of any kind, in the detail") da F. Darwin, A.C. Seward (a cura di), *More letters of Charles Darwin*, D. Appleton and Company, New York, 1903, vol. 1, p. 321.

sico di sempre, quello tra libertà e necessità. Il pensiero della necessità diffida della libertà e giunge a parlare di sacralità della vita naturale perché frutto di un preciso disegno; il pensiero della libertà diffida di una presunta oggettività naturale che non è frutto di alcun disegno e pone il primato della libertà. La divisione in bioetica affonda le radici nell'idea di natura e nel rapporto dell'uomo con essa.

## *5. Il principio contraddizione*

Il fatto che la divisione sul senso complessivo della vita quale fenomeno naturale accompagni da sempre la storia dell'umanità deve liberare la mente dall'angusto orizzonte contemporaneo schiacciato su polemiche politiche non prive di spirito settario. Anche perché, se ognuno ascolta con attenzione la coscienza con le sue domande e i suoi dubbi, forse scopre che questa alternativa è presente anche dentro di sé. Probabilmente ognuno porta dentro di sé entrambi i punti di vista, quello di chi vede la natura come madre benevola, la vita come dotata di senso e l'armonia come logica tendente a una sempre maggiore organizzazione della materia, e quello opposto di chi vede la natura come matrigna senza volto, la vita come priva di un senso definito e *pólemos*, la guerra, come logica che muove le cose in una danza indifferente di vita e di morte. Il problema è ben più ampio della semplificazione di chi pone i buoni da una parte e i cattivi dall'altra (paladini della verità contro pericolosi relativisti, oppure paladini della libertà contro retrivi assolutisti). Ci troviamo in presenza di un dato strutturale, di una crepa che fa vacillare da sempre la solidità della coscienza umana alle prese con il mistero insondabile della vita.

Da qui, a chi voglia essere davvero razionale nella considerazione della vita, una conclusione a mio avviso si impone: il principio contraddizione. Vi sono mille elementi per negare un senso alla vita-natura e ve ne sono mille altri per riconoscerlo, ma è necessario tenere sempre presenti entrambe le prospettive. Quando la ragione si pone davanti alla vita in modo puro, senza ideologismi tendenti a priori verso il senso assoluto o il non senso assoluto, quando si dispone con weberiano disincanto a vedere la vita quale realmente è, essa incontra necessariamente la contraddizione. Da qui le antinomie della ragion pura, scritte con inchiostro indelebile nell'anima umana da Immanuel Kant nella "Dialettica trascendentale" della *Critica della ragion pura*.[16] La ragione si rende conto di essere alle prese con un cosmo così misterioso di cui non sa, se lo considera nella sua grandezza, se sia infinito oppure no, perché ritrova elementi in una direzione e nell'altra (prima antinomia); di cui neppure sa, compiendo con il pensiero il movimento opposto e considerando il cosmo nella sua più estrema piccolezza, se contenga un livello di fronte al quale alla fine fermarsi nella scomposizione dell'essere, una specie di mattoncino primordiale qual era ritenuto un tempo l'atomo, oppure no, e l'essere non sia altro che un flusso ininterrotto, un'immensa onda di cui noi e le cose non siamo che piccole gocce senza permanenza (seconda antinomia); di cui neppure sa se sia governato da una logica precisa e necessaria, oppure se ne sia del tutto privo, all'insegna della più bizzarra casualità (terza antinomia); di cui tanto meno sa se sia mosso da una causa prima, comunemente chiamata

16. Vedi Immanuel Kant, *Critica della ragion pura* (1781), B 454-489, A 426-461; ed. it. a cura di Pietro Chiodi, UTET, Torino 2005, pp. 366-393.

Dio, oppure se tale idea non sia altro che un'infantile proiezione della mente alla ricerca di un po' di consolazione e di calore di fronte al gelo cosmico cui sa di essere inevitabilmente destinata (quarta antinomia).

La contraddizione vista, riconosciuta e pensata si chiama *antinomia*, ovvero scontro tra due *nómoi*, tra due leggi, entrambe legittime ma in opposizione l'una con l'altra. Dal discorso della vita non è possibile trarre un solo *nómos*, una sola legge, perché è inevitabile che ne emergano due, le quali, intrecciandosi in modo inestricabile, formano la condizione antinomica che è destinata a stringere il pensiero.

Consideriamo per esempio il processo della nascita. Possiamo guardare alla formazione della vita umana con il più grande senso di meraviglia considerando come l'unione dello spermatozoo e dell'ovulo dia origine a un nuovo organismo, unico e irripetibile, che si sviluppa in modo così complesso e insieme armonioso da ritenere più che appropriate le parole del salmo 139 su Dio quale custode della vita intrauterina. Ma ci sono altri dati che vanno doverosamente considerati. Più della metà degli ovuli fecondati non arriva a impiantarsi nell'utero e muore lungo il percorso, e anche tra gli embrioni impiantati in utero e diventati feto circa il 20% subisce un aborto spontaneo.[17] Che fine ha fatto in questi casi la custodia divina? Già lì, già nella nostra genesi, vi è l'attestazione del principio contraddizione.

## 6. *Il principio libertà*

Da questa incertezza teoretica una cosa emerge comunque con certezza innegabile: la libertà. Visto che possiamo riconoscere o no un senso della vita, e che anche tra coloro che lo riconoscono le differenze sono notevoli, ciò significa che siamo liberi, che un senso precostituito che si impone come verità necessaria non c'è. Personalmente io sono convinto che un senso della vita ci sia, e lotto per affermarlo, ma esso può scaturire solo dal faticoso esercizio della libertà e come faticoso esercizio della libertà, e in quanto tale non può essere imposto ad alcuno (tanto meno nel risvolto pratico di decidere come si

17. Vedi Francisco J. Ayala, *Il dono di Darwin alla scienza e alla religione* (2007), tr. it. di Laura Serra, San Paolo, Cinisello Balsamo 2009, p. 17.

debba morire). Se la vita si presenta come contraddizione, rispettare la contraddizione consentendo a ciascuno l'esercizio della libertà è il modo migliore di rispettare la vita.

Vengono alla mente le celebri parole che Pico della Mirandola fa pronunciare a Dio Padre rivolto all'uomo subito dopo averlo creato: "Non ti ho dato né un posto determinato, né un aspetto proprio, né alcuna prerogativa tua [...]. La natura limitata degli altri esseri è contenuta entro leggi da me prescritte. Tu invece te la determinerai senza essere costretto da nessuna barriera, secondo il tuo arbitrio, alla cui potestà ti consegnai [...]. Non ti ho fatto né celeste né terreno, né mortale né immortale, perché di te stesso quasi libero e sovrano artefice ti plasmassi e ti scolpissi nella forma che avresti prescelto. Tu potrai degenerare nelle cose inferiori che sono i bruti; tu potrai, secondo il tuo volere, rigenerarti nelle cose superiori che sono divine".[18]

La vita, in quanto vita *umana*, si dice come libertà, perché ciò che contraddistingue l'uomo rispetto a tutti gli altri viventi vegetali e

18. Giovanni Pico della Mirandola, *Oratio de hominis dignitate* (1486), ed. it. a cura di Eugenio Garin, Edizioni Studio Tesi, Pordenone 1994, pp. 7-9.

animali è la possibilità di essere indipendente rispetto alle necessità biologiche e psicologiche. Ed è qui, sulla libertà, che si gioca la partita della vita autentica.

## 7. *Einstein e le armi atomiche*

La libertà dice la differenza specifica dell'uomo rispetto al resto del mondo naturale, nomina ciò che fa dell'uomo il fenomeno più sublime che l'universo abbia finora prodotto, *sublime* proprio nel senso filosofico del termine, di ciò che al contempo atterrisce e conquista, spaventa e affascina. La libertà, infatti, non è necessariamente fonte di orgoglio, anzi spesso è motivo di degrado e di abiezione, a volte in modo così intenso da indurre a collocare l'uomo al di sotto del livello degli animali, quanto a stupidità e crudeltà. In ogni caso, nel bene e nel male, la questione della libertà concerne il nucleo più intimo dell'antropologia, riguarda la risposta alla domanda che per Kant riassume tutto il senso del pensiero: "Che cosa è l'uomo?".[19]

19. "Il campo della filosofia in questo significato cosmopolitico si può ricondurre alle seguenti domande: 1) *Che cosa posso sapere?* 2) *Che cosa devo fare?* 3) *Che cosa mi è dato spe-*

Questione molto antica, che ha iniziato ad accompagnare il cammino dell'umanità fin dall'inizio e che mai sarà risolta fino a quando l'uomo manterrà la capacità di pensare, perché la risposta risolutiva, cioè che l'uomo è libertà, è esattamente ciò che fa sorgere la domanda e che genera molteplici e contraddittorie risposte particolari in contrasto tra loro.

Sulla libertà, infatti, è stato detto di tutto, con un arco di posizioni che stanno tra questi due estremi:

1) non abbiamo alcuna libertà, siamo solo pedine più o meno consapevoli di qualcosa di molto più grande di noi, che anche senza di noi comunque si dà, sia esso il *Deus sive natura* (Spinoza) o l'elezione divina che predestina gli uomini a prescindere dai loro meriti (Agostino e Calvino);
2) siamo libertà assoluta, perché non c'è nulla di più grande di noi, il mondo è un teatro dell'assurdo dove ciascuno recita la parte che vuole (Jean-Paul Sartre).

*rare?* 4) *Che cosa è l'uomo?* Alla prima domanda risponde la *metafisica*, alla seconda la *morale*, alla terza la *religione* e alla quarta l'*antropologia*. In fondo, si potrebbe però ricondurre tutto all'antropologia, perché le prime tre domande fanno riferimento all'ultima" (Immanuel Kant, *Logica*, 1800, A25; tr. it. di Leonardo Amoroso, Laterza, Roma-Bari 1995[3], p. 19).

A me, che identifico l'essenza dell'uomo nella libertà, interessa discutere soprattutto la tesi opposta alla mia, cioè quella che nega che si possa parlare in modo appropriato di libertà. Al riguardo Spinoza, contro Cartesio che sosteneva come principio di palese evidenza il fatto che noi abbiamo un libero arbitrio fondandolo sulla nostra possibilità di "frenare l'assenso nelle cose dubbie",[20] scriveva: "Gli uomini si ingannano nel ritenersi liberi, e questa opinione consiste solo in questo, che essi sono consapevoli delle loro azioni ma sono ignari delle cause da cui sono determinati... dicono che le azioni umane dipendono dalla volontà, ma sono soltanto parole di cui non hanno alcuna idea. Tutti ignorano infatti che cosa sia la volontà".[21]

La posizione che nega la libertà va sotto il nome di *determinismo*, concezione del mondo per la quale tutto è natura e tutto nella natura è regolato da leggi universali che possono essere conosciute perfettamente dalla matematica. La sua più celebre formulazione si

20. Cartesio, *I principi della filosofia* (1644), I, 6; tr. it. di Paolo Cristofolini, Bollati Boringhieri, Torino 1992, p. 77.
21. Baruch Spinoza, *Etica* (1675), II, 35 Scolio; ed. it. a cura di Remo Cantoni e Franco Fergnani, Tea, Milano 1991, p. 165.

trova nelle parole del marchese Pierre-Simon de Laplace (1749-1827), astronomo, fisico e matematico: "Dobbiamo considerare lo stato presente dell'universo come l'effetto del suo stato anteriore e come la causa di quello che seguirà. Un'intelligenza che, a un determinato istante, conoscesse tutte le forze di cui la natura è animata e la rispettiva situazione degli esseri che la compongono abbraccerebbe in un'unica formula i movimenti dei corpi più grandi dell'universo e quelli degli atomi più leggeri; nulla sarebbe incerto per essa, e il futuro come il passato sarebbe presente ai suoi occhi".[22]

Oggi si ritiene che questa concezione sia teoreticamente superata in forza del principio di indeterminazione che, stabilendo l'impossibilità di conoscere nello stesso tempo la posizione e la velocità di una particella, rappresenta la fine del determinismo. Ma è veramente così? Magari l'avanzare della fisica ci mostrerà elementi in base ai quali potrà ri-

22. Pierre-Simon de Laplace, *Théorie analytique des probabilités*, Prefazione alla terza edizione (1820); traduco il testo originale francese che traggo dalla voce a cura di Mario Viganò, "Laplace, teoria di", in *Enciclopedia filosofica*, Fondazione Centro Studi Filosofici di Gallarate, Bompiani, Milano 2006, p. 6223.

nascere una visione della natura all'insegna del determinismo, non lo si può escludere. Io ritengo che non sia scendendo al livello dell'infinitamente piccolo, là dove sono le sorgenti dell'essere, che possiamo sperare di risolvere la questione della libertà, ma è salendo più in alto, laddove la libertà è all'opera. Per spiegare ciò che intendo, faccio riferimento ad alcuni scritti del più grande scienziato del Novecento, Albert Einstein.

Einstein, attento lettore di Spinoza, fu a sua volta un sostenitore del determinismo. In un suo scritto leggiamo: "Non credo affatto alla libertà dell'uomo nel senso filosofico della parola. Ciascuno agisce non soltanto sotto l'impulso di un imperativo esteriore, ma anche secondo una necessità interiore. L'aforisma di Schopenhauer: 'È certo che l'uomo può fare ciò che vuole, ma non può volere se non quello che vuole' mi ha vivamente impressionato fin dalla giovinezza".[23] Non conosco la data precisa di queste parole, ma risalgono a un arco temporale che va dal 1922 al 1934, quando Einstein era tra i quarantatré e i cinquantacinque anni. Più avanti le cose cambiano ra-

23. Albert Einstein, *Come io vedo il mondo*, cit., pp. 17-18.

dicalmente. L'11 aprile 1943, quarto anno della Seconda guerra mondiale, Einstein, allora sessantaquattrenne, interviene alla radio e, dopo aver detto che "dovremmo stare attenti a non fare dell'intelletto il nostro dio", aggiunge: "Il fattore più importante nel dare forma alla nostra esistenza umana è individuare e fissare una meta", laddove la meta è "una società di esseri umani liberi e felici che si prodighino con costante sforzo interiore per liberarsi dal retaggio degli istinti antisociali e distruttivi".[24]

Ora, se fosse vero ciò che in precedenza Einstein aveva scritto, citando Schopenhauer, cioè che "l'uomo non può volere se non quello che vuole", che senso avrebbero queste parole? Esse hanno senso solo nella misura in cui l'uomo può mutare l'oggetto del suo volere, può cioè diventare libero anche verso l'oggetto della sua volontà.

Einstein morì nel 1955, a settantasei anni. Pochi mesi prima aveva redatto uno scritto, pubblicato in seguito da Bertrand Russell e

24. Albert Einstein, *Il fine dell'esistenza umana* (1943), in *Pensieri, idee, opinioni*, tr. it. di Lucio Angelini, Newton Compton, Roma 2006, p. 221. Il volume, il cui titolo originale è *Out of My Later Years*, contiene anche lo scritto *Sulla libertà* dove si parla della libertà interiore e della possibilità di educare a essa.

oggi noto come *Testamento spirituale*, sull'uso delle armi atomiche che "mettono in pericolo la continuazione stessa dell'esistenza dell'umanità". Rivolgendosi ai capi dei governi di tutto il mondo, il grande scienziato scriveva: "Se vogliamo, possiamo avere davanti a noi un continuo progresso in benessere, conoscenze e saggezza. Vogliamo invece scegliere la morte perché non siamo capaci di dimenticare le nostre controversie? Noi rivolgiamo un appello come esseri umani a esseri umani: ricordate la vostra umanità e dimenticate il resto. Se sarete capaci di farlo vi è aperta la via di un nuovo paradiso, altrimenti è davanti a voi il rischio della morte universale".[25]

Ancora una volta occorre chiedersi che senso abbiano parole come "se vogliamo", "ricordate", "se sarete capaci", e io non so trovare altra risposta se non quella che sono un appello alla libertà. Anche il senso di "umanità" cui Einstein fa più volte riferimento consiste proprio in questo: nella libertà, nella capacità di considerare l'oggetto del proprio volere prendendone le distanze e talora anche mutandolo, nella possibilità cioè

25. Albert Einstein, *Come io vedo il mondo*, cit., pp. 105 e 109-110.

di distinguere tra diversi usi della nostra volontà, fino ad arrivare a dire, contro Schopenhauer, che l'uomo può giungere a volere anche quello che di per sé non vorrebbe.

Da questo percorso verso la vita autentica emerge quindi una prima conclusione: la vita è tanto più umana quanto più è libera, cioè quanto più genera e incrementa la libertà. Ne viene che riflettere sull'autenticità significa mettere a tema il buon uso della libertà per far sì che risulti buona e non cattiva, giusta e non ingiusta, vera e non falsa, bella e non brutta, e conduca sul sentiero della vita autentica e non su quello, altrettanto possibile, della vita inautentica. Il problema dell'essere uomini, a ben vedere, è tutto qui, consiste nell'esercizio autentico della libertà. Ma, appunto, che cosa significa *autentico*?

# L’autenticità

## *8. "Un fondamento tutto mio"*

Andando alla ricerca dell'autenticità, è spontaneo per me guardare anzitutto alle persone autentiche che ho conosciuto, e tra queste penso a mio padre. Mio padre era un muratore, e come tale una persona abbastanza concreta. Andando da giovane a lavorare con lui durante le vacanze estive ho capito l'importanza dello scavo, del filo a piombo, della stabilità della fondazione. Non a caso, quando in casa si raccontavano i fatti del passato o si discuteva di politica, spesso egli diceva, a mo' di principio regolatore, "il discorso vuole il piede", vuole cioè essere fondato, avere stabilità, così da poter essere sicuri che non crolli una volta esposto alla forza del vento, alla forza delle obiezioni.

Io ora mi chiedo quale sia il fondamento della costruzione di una vita che voglia essere autentica. Ogni essere umano, infatti, è paragonabile a una costruzione e la formazione della personalità è simile all'arte muraria, perché i concetti e le idee sono come le pietre e i mattoni, e la loro disposizione adeguata nella mente richiede una maestria architettonica almeno pari a quella edilizia.

Anche Gesù, che grazie al mestiere del padre, e probabilmente anche suo, era addentro all'arte muraria, ha usato la metafora della casa. L'ha fatto al termine del discorso della montagna per dire che, se è costruita sulla roccia, la casa indica il lavoro di un uomo saggio e quindi la presenza di un fondamento della personalità (perché "cadde la pioggia, straripparono i fiumi, soffiarono i venti e si abbatterono su quella casa ma essa non cadde perché era fondata sulla roccia"), mentre se è costruita sulla sabbia la casa indica il lavoro di un uomo stolto e quindi l'assenza di un fondamento della personalità (perché "cadde la pioggia, straripparono i fiumi, soffiarono i venti e si abbatterono su quella casa ed essa cadde e la sua rovina fu grande"; vedi *Matteo* 7,24-27). Ma la domanda è: la roccia su cui costruire la casa che io sono richiede l'affidamento a qualcosa che non vedo e che mi viene consegnato da altri, oppure si trova dentro di me e posso vederla in modo chiaro e distinto?

Ho usato di proposito l'espressione "chiaro e distinto" per introdurre il filosofo francese René Descartes, altresì noto con il nome latinizzato di Cartesio. Vorrei spezzare una lancia a suo favore perché oggi è molto bistrattato. Lo è dai teologi cattolici, dai quali in realtà, salvo eccezioni, lo è sempre stato, e lo è dagli scienziati, la cui critica invece è relativamente nuova.[1] Io penso però che da Cartesio, una volta chiarito che il suo dualismo antropologico è del tutto superato, ci sia ancora molto da imparare.

Nel *Discorso sul metodo* egli si ripromette di giungere a un punto fermo, a *quelque chose entièrement indubitable*, un "alcunché di

1. Il neuroscienziato Antonio Damasio ha persino intitolato un libro *L'errore di Cartesio*. La sua critica si giustifica alla luce di questa affermazione di Cartesio: "Questo io, cioè l'anima, per opera della quale io sono quel che sono, è interamente distinto dal corpo" (*Discorso sul metodo*, VI, 33, 7-8; tr. it. di Enza Carrara, La Nuova Italia, Firenze 1977, p. 85), prospettiva di dualistica separazione tra anima e corpo oggi insostenibile.

affatto indubitabile" (come recita la traduzione che io lessi nel 1979 e che risale al 1932).[2] Questa ricerca di qualcosa di indubitabile rende Cartesio grande ai miei occhi: lo sento vicino, mi ci riconosco, mi viene il desiderio di fare come lui. Anch'io sento un grande bisogno di certezza, di solidità, di fondazione, di sicurezza. Come quando si compra una macchina e se ne valutano i dispositivi di sicurezza rappresentati dal numero di stelle assegnate. Come quando si compra una casa e si valuta la stabilità dell'edificio. Come quando ci si sposa e si valuta la solidità della persona con cui si andrà a passare, si spera, il resto della vita. Oppure, più semplicemente, come quando si cammina su un terreno scosceso facendo attenzione a dove mettere i piedi prima di compiere il passo. Esattamente allo stesso modo occorre vagliare le teorie e le prospettive ideali alle quali si affida la mente nel valutare le situazioni dell'esistenza. Anche qui ci vuole certezza, "alcunché di affatto indubitabile". So bene che a causa dell'imprevedibilità dei casi umani non sarà mai possibile raggiungere un sa-

2. Cartesio, *Discorso sul metodo* (1637), IV, 31, 30, cit., p. 82.

pere assoluto, una specie di *mathesis universalis* di livello spirituale che consenta di decidere con sicurezza in ogni situazione cosa deve essere fatto e cosa evitato. Tuttavia, proprio a causa del chiaroscuro dell'esistenza concreta, è altamente auspicabile raggiungere un punto di appoggio sicuro a partire dal quale valutare volta per volta le complicazioni della vita reale.

Cartesio, però, sembra agire stranamente: è alla ricerca di un fondamento del tutto certo e al riparo da ogni dubbio e, invece di affidarsi alla sicurezza del sapere consolidato e della fede, lui, che pure era credente, si butta proprio nelle braccia del dubbio. Così infatti recita la prima affermazione dei suoi *Principi della filosofia*: "Chi cerca la verità de-[illegible]a nella vita dubitare di tutto".[3] Ma [illegible]sibile giungere alla certezza della [illegible]verso il processo contrario del [illegible]

[illegible] il sapere tradizionale con le sue [illegible]andava sbriciolando di giorno in [illegible]artesio, che da grande filosofo sa-

[illegible] *I principi della filosofia*, cit., I, 1, p. 75. La pe-[illegible]azione è moderata da Cartesio aggiungen-[illegible]: "per quanto è possibile".

peva leggere lo spirito dei tempi, se ne rendeva perfettamente conto. L'Europa a livello religioso non era più unita da quando il 31 ottobre 1517 Lutero aveva inchiodato sul portone della chiesa del castello di Wittenberg le celebri 95 tesi sulle indulgenze, dando inizio alla Riforma protestante. La cosmologia tradizionale stava sinistramente scricchiolando da quando nel 1543 Copernico aveva pubblicato (prudentemente in terra protestante, a tarda età e con tanto di dedica al papa) il *De revolutionibus orbium coelestium*, le cui tesi vennero abbracciate prima da Giordano Bruno, che anche per questo venne arso vivo sul rogo di Roma il 17 febbraio 1600 all'età di cinquantadue anni, e poi da Galileo, che per questo nel 1633, all'età di sessantanove anni, venne costretto dall'Inquisizione papale all'abiura e a vivere gli ultimi anni della vita in isolamento. L'Europa era devastata dalla sanguinosissima guerra dei Trent'anni (1618-1648), alla fase iniziale della quale aveva preso parte lo stesso Cartesio militando nell'armata cattolica di Massimiliano di Baviera, come ricorda il filosofo all'inizio della seconda parte del *Discorso sul metodo*. Il mondo che si manifestava ai suoi occhi era un teatro pericolosamente instabile dove nulla era più certo, né sulla terra (a causa della guerra che imperversava), né in cielo (che il telescopio di Galileo aveva mostrato essere corruttibile tanto quanto la terra), né nelle dottrine che pretendevano di collegare il regno della terra al regno dei cieli (delle quali non si sapeva più chi dovesse essere il garante, se la Chiesa, come volevano i cattolici, oppure la Bibbia, come volevano i protestanti, peraltro ben presto divisi tra loro).

È in questo contesto che Cartesio vive e opera. Egli era tutt'altro che uno spirito rivoluzionario come Lutero e Giordano Bruno, anzi, quando gli giunse notizia della condanna di Galileo da parte del Sant'Uffizio non esitò a interrompere il trattato di filosofia naturale cui stava lavorando. Meglio essere cauti, motivo per il quale qualche anno prima era andato a vivere nella più libera Olanda. Cartesio non intendeva per nulla sconvolgere il mondo, tutt'altro, da appassionato di cose militari amava l'ordine e la disciplina e riservava parole pesanti a coloro che li mettevano in discussione: "Io non saprei in alcun modo approvare quei temperamenti rissosi e inquieti che, pur non essendo chiamati né dalla nascita né dalla fortuna al maneggio degli affari pubblici, non cessano di almanaccare sempre qualche loro riforma". Il suo progetto non aveva nulla a che fare con la politica, era del tutto personale, riguardava la sua più peculiare interiorità: "Il mio piano non si è mai esteso al di là di una riforma dei miei pensieri, per costruire sopra un fondamento tutto mio".[4]

Un fondamento tutto mio. In queste parole io intravedo il programma di un uomo autentico, di uno che cerca per davvero la verità anzitutto nel senso esistenziale di autenticità (lo riconosce anche il filosofo cattolico Étienne Gilson, grande esperto di Cartesio, che scrive di "un pensiero troppo libero da qualunque impurità per avere qualcosa da nascondere").[5] Io penso che ogni uomo alla ricerca della vita autentica possa trovare nel metodo di Cartesio un'indicazione importante dicendo a se stesso: posso anche sbagliare, lo so bene che posso sbagliare, per

4. Cartesio, *Discorso sul metodo*, cit., II, 15, 5, p. 53.

5. Étienne Gilson, "Introduzione" (1925), in *Discorso sul metodo. Commentato da Étienne Gilson*, tr. it. a cura di Emanuela Scribano, San Paolo, Cinisello Balsamo 2003, p. 41. Nelle parole citate è comunque evidente una certa presa di distanza del tomista Gilson dalla prospettiva cartesiana.

questo sottopongo a verifica ogni affermazione e ogni negazione; del resto chi è in grado di dire con sicurezza qual è la vita autentica e qual è la verità vera? Ciononostante, siccome devo costruire la mia vita perché la vita è un processo di costruzione, ho bisogno di trovare un fondamento il più stabile possibile. Esattamente come consigliava anche Gesù: la roccia, non la sabbia. Ed è significativo che Cartesio abbia ripreso la metafora della costruzione: *bâtir dans un fonds qui est tout à moi*, "costruire su un fondamento tutto mio".

Il "tutto mio" che contrassegna il fondamento ricercato da Cartesio non va inteso in senso egoistico o solipsistico, cioè di *mio* in quanto contrapposto a tutto il resto e completamente originale. *Mio* va inteso piuttosto nel senso che lì io sono sicuro, so che mi posso fidare, ho verificato di persona che è un terreno roccioso e non sabbioso, e ora posso costruirvi la casa. L'esercizio del dubbio in Cartesio è funzionale al raggiungimento di una certezza interiore che sa vincere i dubbi perché prima li ha affrontati da sé, a uno a uno, e ora quindi non teme di discutere con serenità le obiezioni più difficili.

L'evoluzione delle cose ha fatto sì che dal 1637, anno della pubblicazione del *Discorso sul metodo*, il dubbio metodico sia diventato in Occidente un abito mentale sempre più diffuso, e oggi si può dire che sia la condizione di partenza della coscienza contemporanea. Ogni uomo ragionevole si trova oggi, per forza di cose, in uno stato di dubbio. Ci sono abbondanti ragioni per esserlo, i medesimi motivi che inquietavano Cartesio oggi sono fonte di insicurezza ancora maggiore:

– in cosmologia l'eliocentrismo copernicano, che aveva superato il geocentrismo del sistema tolemaico, è stato a sua volta superato, prima dal galattocentrismo, poi dalla constatazione dell'assenza di un qualsiasi centro nell'universo e oggi alcuni cosmologi non parlano più di universo bensì di multiverso, ossia di molteplici, forse innumerevoli, universi; la conseguenza è che non si riesce più a pensare il cosmo come imporrebbe l'etimologia del suo nome, cioè bello e decorato (medesima radice di cosmesi) ma come un infinito senza centro, informe, spaventoso;

– in biologia le conoscenze acquisite sull'origine dell'uomo hanno completamente annullato la differenza ontologica che si pensava lo separasse dal resto dei viventi, con la conseguenza che l'alto sentire di Pico della Mirandola e di tutta la nobile tradizione umanista che concepiva l'uomo come il fine e il vertice della vita appare un'ingenua favola d'altri tempi; l'uomo è solo una "scimmia nuda", un animale tra i tanti, anche lui come tutti dominato dal "gene egoista";

– a livello di storia e di politica è del tutto scomparsa la possibilità di intravedere una qualche sacralità del potere, rendendo impossibile credere alle parole di san Paolo secondo cui "non c'è autorità se non da Dio" (*Romani* 13,1), prospettiva che per secoli aveva segnato la politica sacrale dell'Occidente e di cui l'ultima manifestazione è stato il comunismo;[6] la conseguenza è che le vi-

6. Eccone una significativa testimonianza: "La prima volta che vidi Lenin, a Mosca, nel 1921, l'apoteosi era già cominciata. Lenin viveva ormai tra il mito e la realtà. Si stavano svolgendo i lavori del congresso della terza Internazionale: Lenin partecipava soltanto ad alcune sedute, così come fa il Papa al Concilio. Ma quando entrava nella sala, nasceva un'atmosfera nuova, carica di elettricità. Era un fenomeno fisico, quasi palpabile, si creava un contagio di entusiasmo, come in San Pietro quando dai fedeli intorno alla sedia gestatoria si diffonde un'ondata di fervore fino agli orli della basilica": da un articolo di Ignazio Silone pubbli-

cende storiche e politiche appaiono del tutto prive di un disegno, è finito il tempo degli eroi della patria e forse anche quello della patria, e l'Occidente, lungi dall'essere il vertice verso cui cammina la società umana, sembra, come vuole il suo nome, irrimediabilmente sulla via del tramonto;

– per quanto attiene alla religione, oggi la coscienza occidentale è divisa non tanto nell'attribuire il primato a questa o a quella corrente del cristianesimo, quanto nella fatica di orientarsi tra le diverse religioni del mondo; a tal proposito è curioso notare che proprio i cristiani più sensibili esprimono grande considerazione verso le altre religioni e mostrano al contempo non poco disagio nell'affermare il primato del cristianesimo, disagio di cui invece sono del tutto privi coloro che fanno del cristianesimo (in particolare nella versione cattolica romana) uno strumento di lotta politica e nulla più; la conseguenza è che il bisogno immenso di spiritualità che attra-

cato sul *Corriere della Sera* del 21 gennaio 1974 dal titolo "Lenin raccontato da vicino", ora in Ignazio Silone, *Romanzi e saggi. Volume primo 1927-1944*, a cura e con un saggio introduttivo di Bruno Falcetto, Mondadori, Milano 2000, pp. LXXIII-LXXIV.

versa i giorni di questo tempo che chiamiamo postmoderno non trova una risposta efficace in nessuna religione costituita;

– a livello morale esiste sempre meno un'etica condivisa, persino all'interno della stessa nazione, con la conseguenza che ciò che per alcuni è un diritto, per altri è un omicidio (la situazione è particolarmente complessa per noi italiani, in preda a una crisi morale e politica che assomiglia a una specie di gorgo che risucchia ogni cosa trascinandola verso il basso, sempre più giù, e penso sia inutile aggiungere altro).

La ricerca di un fondamento stabile per costruire la vita sulla roccia dell'autenticità non è per nulla facile.

## 9. *Sulle neuroscienze*

Rispetto all'età di Cartesio, però, non solo si sono aggravati i problemi, ma ne sono sorti di nuovi. Di questi il più radicale riguarda lo stesso Io umano, proprio il soggetto di quel *cogito ergo sum* che Cartesio aveva individuato come l'alcunché di indubitabile, il fondamento tutto suo. In seguito alle indagini delle neuroscienze oggi infatti non sono pochi coloro che mettono in questione la stessa esistenza dell'Io. Chi è "Io" (che scrivo con la maiuscola per indicare l'ipostatizzazione del soggetto, distinguendolo dall'io empirico)? Quando il cervello reagisce in una frazione di secondo, Io che ruolo ha? E poi esiste veramente? Forse è solo una maschera, dietro cui c'è solo un groviglio di fili. Il dubbio metodico non potrebbe essere più radicale di così, se non si è neppure sicuri che, quando diciamo "io penso", Io realmente esista e non sia, come dicono alcuni, nient'altro che una risultanza illusoria e meccanica di processi chimici ed elettrici.

Vi è chi ritiene che comprendere il funzionamento del cervello equivalga a conoscere completamente la personalità dell'individuo, fino alla perfetta previsione delle sue azioni. Ovvero: controllate i suoi neuroni e avrete in mano la sua personalità e il suo comportamento. Il nesso consequenziale è il seguente: neuroni → cervello → personalità → comportamento. È una prospettiva per la quale noi siamo riducibili alla chimica del nostro cervello e quindi la libertà non esiste, perché tutto quello che l'Io fa non è altro che la conseguenza necessaria della sua neurochemio-biologia.

Io (io empirico, qui maiuscolo perché all'inizio della frase) non sono d'accordo. Con questo non voglio certo contestare l'utilità delle neuroscienze, che anzi fanno benissimo a voler conoscere il più precisamente possibile il funzionamento del "groviglio di fili" che è il cervello umano, soprattutto per sanarne malattie e disfunzioni. Più aumenta la luce della conoscenza meglio è, in qualunque ambito. Ma detto questo, io ritengo altresì che le neuroscienze, come ogni altra disciplina scientifica, siano intrinsecamente impossibilitate a conoscere la dimensione peculiare in cui l'Io ultimamente consiste, che è la libertà, e lo sono perché la libertà è per definizione autonomia dalla materia, mentre esse non possono pensare a prescindere dalla materia. Il fatto che le neuroscienze non sappiano spiegare il fenomeno della libertà, che viene ridotto a fattori che vengono prima (i neuroni), è quindi un limite intrinseco alla loro metodologia. Ma questo non significa che, se esse non sanno spiegare questo fatto, questo fatto non ci sia; se le neuroscienze non sanno spiegare la libertà, la libertà non per questo cessa di esistere. Che la libertà ci sia è un dato di fatto, anzi è il dato di fatto su cui si fonda tutta la convivenza civile, dalla politica al diritto, dal sistema educativo all'economia, per non parlare della sfera affettiva e sentimentale, perché se non ci sono dubbi che quelle rare volte che abbiamo detto con sincerità "ti amo" a una persona la chimica giocava un ruolo rilevante, non ci sono neppure dubbi (almeno per me) che ben oltre la chimica sia stata la nostra più intima e libera personalità a esprimersi, prova ne sia l'impegno quotidiano che poi è responsabilmente conseguito per rimanere fedeli a quelle parole (anche in assenza degli stimoli chimici, anzi talora persino contro gli stimoli chimici, come ogni vera storia d'amore ha sperimentato). Se le neuroscienze non sanno spiegare la libertà, significa che non sono la via adeguata per il fenomeno in questione. È solo lo spirito, infatti, che è in grado di comprendere lo spirito; è solo una visione del mondo che conosce l'esistenza di una dimensione non riducibile alla materia che sa parlare della libertà, la quale è per definizione autonomia dalla materia.

Occorre limitare un certo senso di spavalda onnipotenza scientista (che non ha nulla a che fare con la vera ricerca scientifica) riflettendo attentamente sui limiti intrinseci alla metodologia scientifica. Ciò che costituisce la forza della scienza, cioè la sperimentazione, segna anche i suoi confini. E quindi ripeto: se le neuroscienze non riescono a intravedere la coscienza e la libertà è a causa della loro intrinseca metodologia. Che la coscienza e la libertà esistano, è la vita a mostrarlo: questo è il dato che va assunto e, se ne si è capaci, spiegato. Se controllando l'attività elettrica del cervello con l'elettroencefalogramma, o i suoi campi magnetici con il magnetoencefalogramma, o l'andare e venire dei flussi sanguigni con la risonanza magnetica funzionale, se insomma utilizzando una delle tecniche di *neuroimaging* oggi a disposizione non si riesce a spiegare dove sorge e che cos'è la coscienza e con essa la libertà, visto che non esiste una zona specifica a essa deputata all'interno del cervello, da ciò non è lecito dedurre che la coscienza e la libertà non esistano, ma semmai che le neuroscienze non sono adeguate a comprendere il livello superiore dell'essere che si manifesta come coscienza, libertà e responsabilità.

Io ritengo che il punto decisivo, quando si parla dell'uomo, sia la libertà, cioè il fatto che i nostri neuroni, in sé privi di libertà, al lavoro nell'insieme dell'organismo producono un fenomeno nuovo, diverso dai neuroni assommati uno per uno, un fenomeno qualitativamente altro, non contenuto nei neuroni in quanto tali: il fenomeno appunto della coscienza e della libertà che ne promana. Per capire questa produzione occorre mettere in gioco il concetto di sistema, che consente di comprendere come il tutto sia maggiore dell'insieme delle parti. Nulla di magico, nessun trucco: è il lavoro a fare la differenza. Il nostro organismo è un sistema complesso. Anche la torta è un sistema, molto meno complesso, ma comunque un sistema. E sia il nostro organismo sia la torta sono più dell'insieme delle parti. La torta non è riducibile agli ingredienti: senza gli ingredienti non c'è, ma c'è il lavoro, e ancor prima la ricetta, a fare la differenza tra gli ingredienti e la torta. Così neppure noi siamo riducibili ai neuroni, o alle ossa e ai nervi. Senza i neuroni e tutto il resto non saremmo, e infatti quando essi si danneggiano non siamo più come prima, ma il loro lavoro è tale da produrre qualcosa di più di loro, facendo emergere qualcosa di nuovo. Infatti, diceva Eraclito, "è proprio dell'anima un *lógos* che accresce se stesso",[7] stupefacente intuizione dell'emergentismo contemporaneo.

Già Platone, tanti secoli fa, descriveva la cosa con queste celebri parole di Socrate: "Se uno dicesse che, se non avessi ossa, nervi e tutte le altre parti del corpo che ho, non sarei in grado di fare quello che ritengo di fare, direbbe bene; ma se dicesse che io faccio tutte le cose che faccio proprio a causa di queste, e che, facendo le cose che faccio, io agisco sì con la mia intelligenza ma non in virtù della scelta del meglio, costui ragionerebbe con assai grande leggerezza".[8]

Nella medesima prospettiva a sostegno della libertà, Marco Aurelio scrive in quel capolavoro di autenticità che sono i suoi *Pensieri*: "Ricordati che ciò che muove i fili della tua esistenza è nascosto dentro di te, ed è energia, vita e, se così si può dire, uomo. Non confonderlo mai, quando te lo immagini, con

7. Cito il detto di Eraclito da Diels-Kranz, 22 B 115; tr. it. cit., tomo primo, p. 219.

8. Platone, *Fedone*, 99 a-b; tr. it. di Giovanni Reale, in Platone, *Tutte le opere*, Rusconi, Milano 1994[4], p. 106.

l'involucro che l'avvolge, né con gli organi che gli sono stati modellati intorno. Questi sono come l'ascia che tieni in mano, da cui differiscono solo in quanto intimamente aderenti al corpo. Queste parti, infatti, senza la causa che le muove e controlla, non sono di utilità maggiore della sola spola per la tessitrice, della sola penna per lo scrittore, della sola frusta per l'auriga".[9]

Noi siamo abitati da una logica che ha il suo cardine nei concetti di relazione e di sistema, e grazie a questa logica "il fondamento tutto mio" di Cartesio, cioè la libera consapevolezza dell'Io, è ancora oggi perfettamente stabile. La possibilità della libera consapevolezza di sé (che già esprimeva Eraclito dicendo che "a ogni uomo è concesso conoscere se stesso ed essere saggio")[10] costituisce la prima tesi del mio cammino verso la vita autentica: l'uomo autentico è l'uomo libero, l'uomo che costruisce la sua vita su un fondamento interiore tutto suo, sulla sua consapevole e autonoma personalità.

9. Marco Aurelio, *Pensieri*, X, 38; ed. it. a cura di Maristella Ceva, Mondadori, Milano 1989, pp. 243-245 (traduzione leggermente modificata da parte mia).

10. Cito il detto di Eraclito da Diels-Kranz, 22 B 116; tr. it. cit., tomo primo, p. 219.

## *10. Raccogliamo una pietra, ovvero l'origine dell'inautenticità*

Il dubbio metodico che fu di Cartesio, ai suoi tempi audace e rara impresa intellettuale, oggi è diventato l'abito mentale dei più. Per questo il suo obiettivo di una conoscenza il più sicura possibile del criterio con cui orientarsi nella vita deve essere perseguito con il medesimo impegno. È come se si trattasse di camminare su un crinale, evitando qualsiasi forma di dogmatismo autoritario e nel contempo, però, credendo all'esistenza della verità e dell'autenticità senza cadere nella scettica rassegnazione di chi sa solo dire di no alla vita e non conosce l'impegno e la gioia del sì. Da un lato è necessaria la medesima saggia cautela del grande filosofo: "Può darsi che mi inganni e che scambi un po' di rame e di vetro per oro e diamanti",[11] ma dall'altro non si deve perdere la fiducia che l'oro e i diamanti esistano per davvero e che valga la pena cercarli. In questa prospettiva propongo un semplice esperimento mentale.

Ciascuno si trasferisca su una spiaggia del mare o, se preferisce, lungo un torrente di

11. Cartesio, *Discorso sul metodo*, cit., I, 3, 25, p. 34.

montagna, e raccolga la pietra che gli piace di più. Per il momento lasciamo perdere l'oro e i diamanti, le pietre sono più a portata di mano e aspettano solo di essere osservate e raccolte. Io sento una particolare attrazione per le pietre, potrei passare ore a raccoglierle, da ragazzo lo facevo spesso, ma anche adesso ogni tanto mi capita, e nei musei di storia naturale la sezione dedicata ai minerali è la mia preferita (mentre i miei figli corrono subito dagli animali preistorici). Com'è la pietra che avete raccolto? Può essere chiara o scura, opaca o brillante, bianca o nera, di un blu che sembra verde o di un verde che sembra blu, gialla come il sole, rossa come il vino, o presentare un contrasto tra due colori o sfumature diverse. Può essere regolare o sorprendere per la sua irregolarità, stare nel palmo della mano o richiedere entrambe le mani, oppure essere così piccola che bastano due dita. Quante cose un abile psicologo potrebbe dire sulla personalità di ognuno a partire dalla pietra che ha scelto.

Ora poniamoci la domanda se la vostra pietra sia autentica oppure no. Lo è, non ci sono dubbi, l'avete scelta, sapete bene dove l'avete trovata, come potrebbe non esserlo?

E anche se ora doveste prenderne un'altra in un solo secondo senza neppure guardare, non ci sono dubbi che anche questa sarebbe autentica, probabilmente meno bella ma autentica. C'è un solo modo per rendere inautentica la vostra pietra, ed è che voi diciate quello che essa non è, per esempio che è una pepita d'oro o un diamante. È solo il vostro linguaggio che può rendere inautentica la vostra pietra.

L'esperimento lo possiamo rifare con una pianta, chiedendoci quale pianta scegliereste come vostra, se un albero, una pianta aromatica, una pianta da fiore o un arbusto, ma per quanto attiene alla domanda sulla sua autenticità sappiamo già che cosa rispondere. Lo stesso vale per un animale: qualunque sia il vostro animale, la risposta sull'autenticità è nota.

Una pietra, una pianta, un animale per forza di cose non possono non essere autentici. Possono non esserlo solo per noi, e solo a causa del nostro linguaggio, se diciamo di loro qualcosa che non corrisponde a ciò che realmente sono. L'inautenticità è una creazione tipicamente umana, precisamente del linguaggio umano. Ne viene, di conseguenza, che l'autenticità designa il rapporto tra il nostro linguaggio e la realtà, o meglio tra la nostra mente produttrice del linguaggio e la realtà. La realtà in sé è necessariamente autentica, mentre la nostra rappresentazione di essa mediante il linguaggio, e prima ancora mediante la percezione mentale, necessariamente autentica non è; può essere anche inautentica, non di rado lo è.

La realtà fisica non mente mai. La pietra è pietra, la terra è terra, la vigna è vigna. La realtà è amica, è sincera, non dice mai il falso, ci si può fidare di lei. È solo la mente che può mentire, che anzi molto spesso mente (ed è significativa questa assonanza tra "mente" e "mentire" e "menzogna" che l'italiano deriva dal latino, dove il sostantivo *mens* dà origine al verbo *mentior*, infinito *mentiri*). Solo l'uomo può essere inautentico, può introdurre la falsità, la menzogna, il raggiro. Non l'uomo in quanto corpo fisico, che a questo riguardo è assimilabile a una pietra (a livello di massa corporea siamo un insieme di gas e di minerali), è assimilabile a una pianta (nelle diverse forme di vita vegetativa come la circolazione sanguigna e il sistema linfatico), è assimilabile a un animale (a livello di istinto alla riproduzione, cura per la prole, aggregazione sociale non dissimile dalla logica del branco quanto a strutturazione gerarchica e aggressività verso i diversi). L'uomo in quanto corpo (*sóma*), in quanto vita vegetativa (*bíos*) e in quanto vita animale (*zoé*) non può non essere autentico. È forzato dalla natura all'autenticità, perché non è libero. Ma laddove comincia la libertà, a livello di vita psichica (*psyché*) e soprattutto di vita spirituale (*pnéuma*), inizia anche la possibilità di essere inautentico. L'autenticità e il suo contrario riguardano l'uso della libertà, in primo luogo il controllo della mente e del linguaggio che ne fuoriesce.

Proprio a proposito di linguaggio, spesso il grado di falsità è direttamente proporzionale al numero di parole pronunciate (gli imbroglioni parlano sempre tanto, la truffa ha bisogno di chiacchiere – qualcuno ricorda Totò mentre sta vendendo la fontana di Trevi?) e spesso il grado di autenticità personale è direttamente proporzionale al tasso di silenziosità, e probabilmente è per questo che le grandi spiritualità consigliano unanimi il silenzio e mettono in guardia dalle chiacchiere. Dice un proverbio biblico: "Chi sorveglia la bocca preserva la sua vita, chi spalanca le sue labbra va incontro alla rovina" (*Proverbi* 13,3). Per Giacomo, uno dei fratelli di Gesù (vedi *Marco* 6,3), "la lingua è un fuoco [...] che incendia tutta la nostra vita" (*Giacomo* 3,6).

Se l'inautenticità è una produzione della mente, ne viene che condizione essenziale per l'autenticità è il controllo della mente. Ma come si controlla la mente? Riportandola al reale. Fermandola sul reale. Inchiodandola sul reale. È in questa prospettiva che io interpreto l'invito di Gesù alla vigilanza, la *grégorsis* evangelica, quando dice "vegliate" (*Matteo* 24,42), "tenetevi pronti" (*Matteo* 24,44), "vegliate e pregate per non entrare in tentazione" (*Matteo* 26,41). Non si tratta tanto di attendere un'improbabile fine del mondo con l'arrivo degli angeli allo squillo di trombe secondo scenari apocalittici che hanno terrorizzato le coscienze nei secoli passati ma che ora per fortuna non fanno più paura a nessuno, quanto piuttosto di aderire al presente, di leggerlo per quello che è, senza mentire mai, né applicandovi categorie improprie né occultandone i fatti che mettono in crisi la propria visione del mondo, perché la prima cosa di cui diffidare, a proposito delle tentazioni da cui metteva in guardia Gesù, è la falsità dei pensieri. Questa è la vigilanza dell'uomo maturo, adeguata alla coscienza contemporanea.

L'autenticità quindi, in prima approssimazione, è l'interpretazione onesta della realtà, per cui di una pietra raccolta sulla spiaggia del mare non dirò che proviene dalla luna, di una comune rosa da giardino non dirò che è una rarissima rosa antica e della fontana di Trevi non dirò di esserne il proprietario. Finora, però, abbiamo toccato solo il primo livello dell'autenticità, quello che ha a che fare con le cose, siano esse pietre, piante, fontane, oppure quadri, banconote, sculture di teste umane. Quando entra in gioco il fenomeno umano nella pienezza delle sue dimensioni le cose diventano molto meno lineari.

## *11. La trappola, e la menzogna come evasione*

Ben più che con affermazioni sugli oggetti, l'autenticità che riguarda il vivere umano ha a che fare con affermazioni sullo stato della propria esistenza. Non si tratta semplicemente del fatto che si mente dicendo che un quadro è del Seicento mentre non lo è; si tratta, in modo molto più intimo, del fatto che si mente dicendo di noi ciò che invece non siamo, oppure nascondendo di noi quello che invece siamo. Perché gli uomini mentono spesso, agli altri e prima ancora a se stessi?

Io penso che il più delle volte si mente per una specie di incontrollato istinto di sopravvivenza, per uscire (almeno con la fantasia) da una situazione in cui ci si sente imprigionati, un po' come i prigionieri nella caverna di Platone, ma con l'aggravante che la caverna che ci rinchiude è il nostro corpo, il nostro carattere, la nostra condizione sociale, talora persino i legami che noi stessi abbiamo creato e che poi sono diventati legacci, per non dire catene. E la mente mentisce per smentire la realtà. La menzogna diviene così una via di uscita verso una desiderata liberazione esistenziale, secondo una pericolosa quanto diffusa ingenuità che non fa altro che aggravare il problema perché la menzogna incatena ancora di più, come il muoversi convulsamente nelle sabbie mobili fa sprofondare ancora più in fretta.

Non è raro che le menzogne siano inconsce, tanto sono radicate nel profondo. Magari abbiamo cominciato a mentire da piccoli per addolcire una realtà che a torto o a ragione ci appariva spiacevole, e ora l'inganno è talmente radicato da sembrare verità. Per questo a volte le menzogne ci escono di bocca senza che le vogliamo dire, vengono così, spontaneamente, perché sono l'espressione autentica del nostro inconscio inautentico. Faccio un esempio personale. Io ricordo di aver detto qualche volta durante gli anni dell'adolescenza, negli incontri casuali quando si parla sapendo che poi non si vedrà mai più l'interlocutore, che mia madre era lombarda (mentre lei è siciliana tanto quanto mio padre). Che mio padre fosse siciliano era impossibile nasconderlo con il mio nome e cognome, ma di mia madre potevo benissimo dire che si chiamasse Redaelli, Colciago, Cesana, Viganò o uno degli altri tipici cognomi brianzoli. Non è che io mentissi deliberatamente per guadagnare qualcosa; in quelle affermazioni che uscivano incontrollate probabilmente riemergeva il disagio di un bambino del Sud nato e cresciuto nella provincia lombarda degli anni Sessanta. A tal proposito uno dei miei primi ricordi è la domanda di un compagno all'asilo che mi chiede tra Vito e Mancuso qual è il nome e qual è il cognome. Avevo tre anni e l'episodio mi è rimasto dentro. Devo dire, mia madre lo ricorda spesso, che sono cresciuto con il desiderio di chiamarmi Alberto, Carlo, Roberto e con uno di quei cognomi nominati sopra.

Spesso si mente per sfuggire a una condizione della quale ci si sente prigionieri. Può essere la non accettazione di sé, del proprio nome, del proprio corpo, del proprio carattere o di tutte queste cose insieme, il rifiuto di un sé da cui si desidera prendere le distanze, in cui non ci si riconosce, che talora si vorrebbe persino distruggere. Capita che si vorrebbe fuggire dalla propria famiglia, dai propri genitori, dalla propria identità, dalla propria terra, dal proprio popolo. Ci si vergogna di essere quello che si è, la presa di coscienza di se stessi è associata con la vergogna e il dolore, con un fortissimo senso di estraneazione: ci si guarda allo specchio e, del tutto all'opposto rispetto a Narciso, non si riesce a immedesimarsi nella propria immagine, si vorrebbe essere un altro, e tuttavia si è inchiodati a questo terribile sé. Si è in trappola.

Naturalmente anche il narcisismo è una trappola: non a caso il mito racconta che il bellissimo Narciso, dopo aver rifiutato innumerevoli spasimanti, si lasciò morire per la tristezza di non poter abbracciare la propria immagine riflessa dalle acque, unica realtà che riusciva ad amare (il mito aggiunge che il cadavere venne ritrovato accanto a un fiore a cui fu dato il nome dello sfortunato ragazzo). Il narcisismo è un'angusta prigione della mente, magari con le sbarre dorate ma non per questo meno soffocante, una prigione che impedisce la presa di contatto con la realtà effettiva e che deforma tutto a partire dall'Io, e quindi una fonte pressoché inesauribile di menzogne. Il narcisista ossessivo è dominato a livello mentale da una tale forza di gravità che è come se ospitasse dentro di sé un buco nero che risucchia tutto quanto gli passa vicino; oggetti, persone ed esperienze risultano incurvati verso di lui e alla fine annullati. Per questo il destino del narcisista è un'oscura solitudine, perché anche quando è circondato dalla gente egli in realtà negli altri pensa e vede solo se stesso, una condizione davvero triste e gelida al di sotto di un superficiale ottimismo, e significativamente

Hegel parlando dell'inferno scrive che "noi troviamo definita la dannazione dell'inferno come l'essere eternamente legati all'azione soggettiva, l'esser soli con il proprio appartenere a se stessi [...] proprio questo tormento dell'eterna contemplazione di se stessi".[12] Il narcisismo può condurre a uno stato persino peggiore del rifiuto di sé, perché nel rifiuto c'è almeno una tensione, seppure solo negativa, verso qualcosa di vero, mentre il narcisista può giungere a trasformare in menzogna tutto quello che dice e che fa. È quindi meccanicamente condannato a essere ingiusto persino contro la sua volontà, soprattutto se si tratta di un uomo potente (come spesso accade a un narcisista di diventare) perché facendo sempre di se stesso il centro del sistema egli produce negli altri la percezione di non poter esprimere liberamente il proprio punto di vista ma di essere costretti a modificarlo per compiacerlo. Si crea così un vortice di menzogne, di cui la prima vittima è proprio lui, il narcisista. Il narcisismo è

12. G.W.F. Hegel, *Fede e sapere* (1802), tr. it. di Remo Bodei, in *Primi scritti critici*, Mursia, Milano 1971, pp. 210-211. Il testo italiano riporta "definitiva" ma si tratta di un chiaro errore di stampa, visto che l'originale tedesco è *ausgesprochen*.

una terribile malattia spirituale da non augurare a nessuno.

Oltre che dal sé, la trappola generatrice della menzogna può anche essere determinata dalle relazioni con gli altri. Il coniuge con il quale si è vissuto per anni appare un giorno la persona sbagliata, persino un nemico, il nemico. Non lo si stima più, non lo si accetta più, risulta prevedibile in tutto, non ha ancora aperto la bocca e si sa già che cosa dirà, con quale gesto della mano, con quale immancabile aggettivo, una ripetizione monotona delle stesse cose negli stessi modi per tutti i giorni che si scorgono davanti a sé, e piomba addosso come un senso fisico di sgomento, manca l'aria, la vita si trasforma in una prigione, tutti i giorni la stessa cella, tutti i giorni lo stesso rancio, e un grande amore finisce in una serie infinita di piccoli tormenti, vendette reciproche, scatti d'ira, persino di odio.

Oppure sono i figli che si comportano sempre più come estranei e con il loro comportamento costruiscono la trappola. Nella mente inizia ad affacciarsi il sospetto che non solo non hanno la minima considerazione per i sacrifici compiuti per loro, ma che ci considerano come delle scarpe ormai consumate, ridotte in quello stato quando si è incerti se buttarle o portarle ancora una volta a riparare. A volte si ha la sensazione che ci guardino con un senso di malcelato imbarazzo, è chiaro che non vorrebbero diventare mai come noi e che sono ben altri i loro modelli, e prendere coscienza di ciò è una forma sottile di morte.

Oppure è la professione a rivelarsi una trappola, o perché altri hanno fatto carriera e non ci sono più chance, o perché la carriera e il successo alla fine hanno presentato il conto. Si prende coscienza di quanto si è dovuto mentire, adulare, assumere atteggiamenti contrari alle proprie convinzioni (i quali però ora vanno mantenuti e diventano come una seconda natura falsa e appiccicosa che avvolge l'anima, spegne la luce degli occhi, muta persino la voce). Guardare alla vita passata e riconoscerla come un grande tradimento può essere terribile. Si ripensa alla giovinezza e ai suoi ideali e ci si rivede ora, con le case, le macchine, i soldi, magari una cattedra universitaria di prestigio, magari una carica politica di primo piano, magari un'arcidiocesi che assicura inchini e baciamani, ma con gli ideali traditi per una vita all'insegna del servilismo. Lo si capisce dalle persone che ci circondano, delle quali nessuna è un amico, tutti sono solo clienti, solo relazioni interessate, in perfetta conformità allo stile di vita adottato da noi in funzione della carriera.

Da giovani, da adulti, da anziani, la vita può risultare una trappola. Ed è per questo che si evade, perlopiù concedendosi alla florida industria dell'intrattenimento che ha nella finzione la sua essenza (non a caso gli inglesi la chiamano *fiction*), e spesso mentendo agli altri e a se stessi. Si cerca così di fuggire dalla realtà, ma l'irrealtà non è un luogo a cui approdare, è solo utopia, non nell'eroico senso traslato di prospettiva ideale non ancora concretamente realizzata, ma nello sconsolante senso geografico di "non-luogo" nel senso letterale del termine, in greco *ou-tópos*, cioè niente, nulla, vuoto assoluto. Ne viene che più si fugge, più ci si ritrova alle prese con ciò da cui si vuole fuggire, in un circolo vizioso che ad alcuni dà noia, ad altri disperazione, ad altri una sotterranea rabbia distruttiva che genera una violenza repressa che a un tratto esplode in modo improvviso e nessuno sa perché.

Mi viene alla mente un brano di Baudelaire dallo *Spleen di Parigi*, intitolato originariamente in inglese *Any Where Out of the World* (tradotto in francese dallo stesso poeta *N'importe où hors du monde*, in italiano *Da qualunque parte fuori dal mondo*). Cito diffusamente: "La vita è un ospedale dove ogni malato è in preda al desiderio di cambiar letto. Uno vorrebbe patire davanti alla stufa, un altro pensa che guarirebbe di fianco alla finestra. A me pare che starei sempre bene là dove non sono, e questo problema del trasloco lo discuto incessantemente con la mia anima. 'Dimmi, anima mia, mia povera anima infreddolita, che ne diresti di andare a Lisbona? Deve far caldo lì, e tu ti rincuoreresti come una lucertola. È una città in riva all'acqua; si dice che sia costruita in marmo, e che la popolazione odi a tal punto la vegetazione da strappare tutti gli alberi. Ecco un paesaggio di tuo gusto, un paesaggio fatto di luce e di minerali, e di liquido che li rispecchia!'". L'anima però non risponde e il poeta propone altri luoghi: Rotterdam, la Batavia, l'estremo capo del Baltico dove fare "lunghi bagni di tenebre". Alla fine l'anima esplode: "Non importa dove! Non importa dove! Purché sia fuori da questo mondo!".[13]

La radice di non poche forme di spiritualità presenti trasversalmente in tutte le religioni e anche in talune modalità di ateismo sta tutta qui, in questa malinconica e quasi disperata considerazione dell'esistenza. Si dimentica una cosa però: che anche noi siamo mondo, un pezzo di mondo, e quindi il desiderio di fuggire *out of the world* è in realtà il desiderio di fuggire da se stessi. Fuori da questo mondo significa fuori da se stessi, ma è possibile uscire da se stessi? Lucrezio, che già aveva notato acutamente il processo, risponde che non è possibile e ne mette in luce le amare conseguenze: "Ciascuno fugge dal proprio io, ma suo malgrado resta legato all'io a cui non si può sfuggire; e, com'è logico, lo odia".[14]

13. Charles Baudelaire, *Lo spleen di Parigi. Piccoli poemi in prosa* (1863-1865), ed. it. a cura di Bruno Nacci, Mursia, Milano 1990, pp. 177-179.

14. Lucrezio, *De rerum natura*, libro III, versi 1068-1070; mia rielaborazione dalla traduzione di Balilla Pinchetti, contenuta nel volume *La Natura*, Rizzoli, Milano 1989$^{8}$, p. 239. Devo il passo di Lucrezio a Pierre Hadot, *Ricordati di vivere. Goethe e la tradizione degli esercizi spirituali* (2008), tr. it. di Anna Chiara Peduzzi, Raffaello Cortina, Milano 2009, p. 22.

Certo, c'è anche l'inconscio collettivo che secerne menzogne, soprattutto sotto forma di spettacoli in quel misto di canzoni-film-romanzi-sport che è ormai la vera *religio* dell'Occidente. Ma il collettivo può esistere solo grazie al fatto che prima ancora c'è la dimensione del sé, ed è qui che si gioca la vera partita. Occorre quindi chiedersi che cosa significa essere se stessi.

## 12. *Fedeltà a se stessi*

L'introduzione dei termini *autenticità* e *inautenticità* in filosofia si deve a Martin Heidegger, con il quale, volendo parlare oggi con cognizione di causa dell'autenticità, è impossibile non fare i conti. Egli descrive l'autenticità come "appropriazione di sé" secondo il significato etimologico dell'aggettivo tedesco per autentico, *eigentlich*. La cosa vale anche per l'italiano, perché il significato della radice tedesca *eig-* è il medesimo della radice italiana *aut-*, la quale viene dal greco *autòs* (se stesso, proprio) ed è presente anche nell'inglese *authentic*, nel francese *authentique* e in molte altre lingue europee. L'etimologia indica quindi che l'autenticità si raggiunge nella misura in cui ci si appropria di sé: quanto più un uomo è se stesso (*autòs*), tanto più è autentico. Heidegger afferma che si tratta di vivere un'esistenza guidata "dall'esser-sempre-mio".[15]

Heidegger è un pensatore profondo ma uno scrittore oscuro. Anzi, è uno scrittore oscuro proprio a causa della profondità del pensiero, nel senso che il suo linguaggio ermetico non dipende dal fatto che non sapesse scrivere, ma dall'esigenza di piegare il linguaggio comune alla novità del pensiero (detto ciò, tengo a precisare che io appartengo alla scuola opposta, quella di chi si sforza di esprimere il suo pensiero il più possibile chiaramente, ritenendo la chiarezza un dovere, soprattutto di questi tempi). L'oscurità heideggeriana ha reso necessaria agli interpreti la stesura di appositi glossari. In quello di Pietro Chiodi, in appendice all'edizione di *Essere e tempo* da lui curata, vi è la voce "autenticità", che trascrivo: "AUTENTICITÀ, INAUTENTICITÀ (*Eigentlichkeit*, *Uneigentlichkeit*). Sono le due possibilità fondamentali dell'esistenza. Queste espressioni – avverte

15. Martin Heidegger, *Essere e tempo* (1927), tr. it. di Pietro Chiodi, Longanesi, Milano 1976, p. 65.

esplicitamente Heidegger – vanno prese nel loro rigoroso significato etimologico: ciò che è proprio (*eigen-*) e ciò che non è proprio di un'esistenza sempre-mia. La morte, che è la possibilità più propria di ognuno, fonda l'esistenza in quanto essere-per-la-morte. L'Esserci inautentico è il Si".[16]

Un altro autorevole interprete di Heidegger è Franco Volpi, il quale nell'edizione italiana di *Segnavia* riporta a sua volta un glossario, quattro volte più esteso di quello di Chiodi, estremamente meticoloso e strutturato direttamente a partire dal tedesco. Alla voce *eigentlich*, *uneigentlich* si legge: "'Autentico', 'inautentico'. È questa la traduzione che è entrata nell'uso. In *Essere e tempo* (paragrafo 9), tuttavia, Heidegger dichiara che il termine va inteso in senso rigorosamente letterale, ragione per la quale esso potrebbe essere reso con 'proprio', 'improprio'. Dopo la 'svolta' Heidegger accentua la connessione con la radice *eigen* (proprio) e quindi con *eignen* (essere proprio, appropriare) e *Eignung* (proprietà), per arrivare a collegare il termine a *Ereignis*".[17]

16. Pietro Chiodi, *Glossario*, in Martin Heidegger, *Essere e tempo*, cit., pp. 541-542.

17. Franco Volpi, *Glossario*, in Martin Heidegger, *Segnavia* (1967), a cura di Friedrich-Wilhelm von Herrmann,

Per Heidegger, quindi, l'autenticità è "appropriazione", cioè far sì che le cose e le esperienze siano *proprie*, non vivendole alla maniera di chi si lascia portare da esse, ma al contrario assumendole all'interno della propria personale progettualità e quindi dominandole. E dato che per Heidegger, come spiega Vattimo, la cosa "non è mai semplice-presenza bensì strumento", ne viene che "appropriarsi della cosa vuol dire anche, più radicalmente, assumerla dentro il proprio progetto di esistenza".[18]

"Progetto di esistenza": che cosa intende Heidegger con questo concetto? Intende ciò che consegue dal guardare in faccia la vita nel suo destino radicale, ovvero l'essere inesorabilmente destinati alla morte, perché la possibilità più propria dell'uomo è la morte, cioè la fine di ogni possibilità, e quindi l'uomo è definito da Heidegger "essere-per-la-morte". Ne viene che l'uomo deve assumere la morte come unica possibilità autentica e che l'autenticità dell'esistenza si esprime co-

ed. it. a cura di Franco Volpi, Adelphi, Milano $1994^3$, p. 493. *Ereignis* vuol dire "evento".

18. Gianni Vattimo, *Introduzione a Heidegger*, Laterza, Roma-Bari $1982^3$, p. 42.

me "anticipazione della morte". Il concetto di autenticità viene definito mediante quello di morte.

Ma che cosa significa "anticipare" la morte? Heidegger lo spiega alla sua maniera nel paragrafo 53 di *Essere e tempo*, che è riassunto dallo stesso filosofo in questi termini: "Ciò che caratterizza l'essere-per-la-morte autenticamente progettato sul piano esistenziale può essere riassunto così: *L'anticipazione svela all'Esserci la dispersione nel Si-stesso e, sottraendolo fino in fondo al prendente cura avente cura, lo pone innanzi alla possibilità di essere se stesso, in una libertà appassionata, affrancata dalle illusioni del Si, effettiva, certa di se stessa e piena di angoscia*: LA LIBERTÀ PER LA MORTE".[19]

Karl Löwith, uno dei migliori studenti di Heidegger a Friburgo, divenuto a sua volta un filosofo di rilievo, in un suo scritto autobiografico osserva che l'influenza esercitata da Heidegger sugli studenti era dovuta principalmente "alla sostanziale indeterminatezza e al carattere puramente appellativo delle sue intenzioni filosofiche, alla sua intensità e

19. Martin Heidegger, *Essere e tempo*, cit., p. 323 (corsivo e maiuscoletto sono di Heidegger).

concentrazione spirituale sull'*unica cosa necessaria*". Poi prosegue: "Solo in seguito ci fu chiaro che quest'unica cosa in realtà non era niente, era puro decisionismo senza uno scopo preciso". È una conseguenza che si impone da sé: una concezione della vita che non vede altro scopo che anticipare il nulla della morte non si potrà legare a nulla, sarà perennemente inquieta, elusiva, corrosiva, saprà solo ossessivamente negare come la danza del dio Shiva che annienta tutte le cose. Non è quindi strano che alcuni studenti, nonostante il fascino dell'imponente personalità filosofica di Heidegger, in qualche modo si rendessero conto di questo soggiacente nichilismo interiore, come racconta Löwith: "Un giorno uno studente ne fece un'efficace parodia: 'Io sono deciso, ma non so a che cosa'". Löwith conclude accostando "questo puro essere risoluti di fronte al nulla" al nazionalsocialismo.[20]

20. Karl Löwith, *La mia vita in Germania prima e dopo il 1933* (1940), tr. it. di Enzo Grillo, il Saggiatore, Milano 1995, p. 53. Qualunque cosa si pensi della filosofia heideggeriana, è un dato di fatto che egli, quarantaquattrenne e rettore dell'università di Friburgo, il 3 novembre 1933 proclamò in un *Appello agli studenti* che "il Führer stesso, e lui solo, è la realtà tedesca di oggi, ma anche la realtà di domani e quindi la sua legge" (Martin Heidegger, *Scritti politici*.

Al di là delle considerazioni sul significato complessivo della filosofia e della personalità di Heidegger su cui gli esperti non cessano di dividersi, rimane comunque che grazie a lui si è introdotto nella riflessione filosofica il concetto di autenticità come "fedeltà a se stessi". Dicendo "autentico" oggi si intende perlopiù chi è fedele a se stesso, chi vive all'insegna "dell'esser-sempre-mio".

## *13. Critica di se stessi*

Il concetto di fedeltà a se stessi è certamente qualcosa che suona bene, ma non potrebbe nascondere un assecondare tutte le proprie voglie, anche quelle meno nobili, anche i capricci, le ripicche, i dispetti? Non c'è il rischio che la fedeltà a se stessi sia a scapito della fedeltà a valori almeno altrettanto autentici? E come si fa a essere autentici in

*1933-1966*, a cura di François Fédier, ed. it. a cura di Gino Zaccaria, Piemme, Casale Monferrato 1998, p. 149), come pure è un dato di fatto che mai dopo la guerra il filosofo ne fece una pubblica ritrattazione. Al riguardo si vedano le dure affermazioni di Hans Jonas, ebreo e studente di Heidegger come Löwith, in *Memorie. Conversazioni con Rachel Salamander* (1989), tr. it. di Palma Severi, il melangolo, Genova 2008, soprattutto p. 243 e pp. 374-375.

quanto fedeli a se stessi e al contempo autentici anche per gli altri? È possibile trovare una mediazione tra la fedeltà a se stessi e la dedizione a qualcosa di più grande della nostra persona, per esempio il bene comune, la giustizia, la natura? E nel caso di un conflitto tra la propria concezione dell'esistenza e valori ritenuti oggettivi quali l'onestà e la veracità, a chi dovrà essere assegnata la priorità? A noi stessi o ai valori? Al soggetto o all'oggetto? Alla libertà o alla verità?

C'è però chi contesta in radice queste domande perché ritiene che parlare di "valori" sia il segnale di una coscienza ancora immatura, in quanto la vera maturità non "pensa per valori" ma rimane aperta al flusso ininterrotto della vita senza aprioristiche valutazioni. Si tratta ancora di Heidegger, il quale rimprovera tutto il pensiero orientato moralmente, basato su valori o peggio ancora sul valore, con queste dure parole: "Si tratta di capire finalmente che proprio quando si caratterizza qualcosa come 'valore', ciò che è così valutato viene privato della sua dignità [...]. Ogni valutazione non lascia essere l'ente, ma lo fa valere solo come oggetto del proprio fare [...]. Pensare per valori è la più grande bestemmia che si possa pensare contro l'essere".[21]

C'è del vero in questa prospettiva, ed è l'affermazione del primato della vita con le sue situazioni concrete contro ogni dogmatismo dottrinale (un esempio del quale si è avuto all'inizio del 2009 quando il vescovo di Recife, in Brasile, *Codice di diritto canonico* alla mano, ha scomunicato la madre di una bambina di nove anni, incinta di due gemelli a seguito delle violenze subite da parte del patrigno e in pericolo di vita per quella gravidanza, per aver concesso l'autorizzazione all'aborto). Occorre bandire ogni dottrinalismo che non legga la realtà nella sua specificità e che consideri la dottrina e la legge più importanti dell'uomo concreto. Ma nella prospettiva di Heidegger c'è anche del falso, per me c'è soprattutto del falso. L'assenza di un valore ultimo nel leggere la realtà può infatti portare a osannare ciò che appare nella "radura dell'essere" (la *Lichtung* di cui egli amava parlare) per il fatto stesso di essere apparso, come accadde in Germania nel 1933 con l'ascesa al potere di Hitler, non a caso sa-

21. Martin Heidegger, *Lettera sull'umanismo* (1946), ora in *Segnavia*, cit., p. 301.

lutata con favore da Heidegger. Non si trattò per lui di una svista, ma della logica conseguenza di una filosofia allergica a ogni valutazione etica, come è dimostrato dal fatto che fino alla morte (avvenuta nel 1976, cioè a distanza di trentuno anni dalla fine della Seconda guerra mondiale) Heidegger non fece mai una pubblica ritrattazione della sua compromissione con il nazismo, e ancor più dal fatto che altri pensatori a lui contemporanei non si fecero per nulla abbagliare da quella apparizione di due baffetti aggressivi nella radura dell'essere, ma la seppero subito riconoscere per quello che era e vi si opposero (mi riferisco a Jaspers, Jonas, Löwith e, tra i teologi, a Barth, Bultmann, Tillich, Bonhoeffer). Un criterio guida per leggere la storia è a mio avviso necessario per non rimanere succubi di essa ma per poterla interpretare e, quando è il caso, combattere. Se occorre evitare il dogmatismo di chi non legge la situazione concreta, neppure bisogna cadere in un nichilismo che non conosce assoluti e valori. Torna quindi la domanda: nel caso di un conflitto tra fedeltà alla propria concezione dell'esistenza e valori ritenuti oggettivi, a quale delle due istanze assegnare il primato?

A proposito di autenticità come fedeltà a se stessi, direi che è opportuno meditare bene anche sul proprio sé. Non è forse vero che, guardando onestamente al proprio interno, ogni uomo ritrova sì ideali a cui essere fedele ma anche interessi abbastanza meschini che sarebbe molto meglio tradire? I grandi osservatori del fenomeno umano presentano annotazioni taglienti al riguardo. Scrive Montaigne: "Io non sono del tutto padrone di me stesso e dei miei impulsi. Il caso vi ha più potere di me. L'occasione, la compagnia, il tono stesso della mia voce traggono dal mio spirito più di quello che vi trovo quando lo sondo e lo uso per conto mio [...]. Mi accade anche questo: che non mi trovo dove mi cerco; e trovo me stesso più per caso che per l'indagine del mio giudizio".[22] Né si devono dimenticare queste parole di Baudelaire: "Ogni uomo porta in sé una dose di oppio naturale, che instancabilmente secerne e rinnova".[23] Si tratta di

22. Michel de Montaigne, *Saggi*, I, 10; ed. it. a cura di Fausta Garavini, Adelphi, Milano 1992, p. 49.

23. Charles Baudelaire, *Lo spleen di Parigi*, cit., p. 85. Poco prima il poeta aveva scritto un'altra pericolosa verità, ovvero che "più l'anima è ambiziosa e delicata, più i sogni l'allontanano dal possibile".

una profonda verità. Quante illusioni sono frutto della mente che divaga nell'immaginazione, che in greco si dice *phantasía*, la medesima radice di *phántasma*. Rispetto al proprio sé, la diffidenza è altrettanto indispensabile della fedeltà.

A proposito di diffidenza verso se stessi, sono celebri le spietate autoanalisi di sant'Agostino che nelle *Confessioni* si dichiara "terra di miseria" (*regio egestatis*), dice di "provare disgusto" di se stesso (*displicere mihi*), e non teme di esplicitare questo suo sentimento dicendo che la sua anima, "coperta di piaghe, si proiettava fuori di sé, miseramente bramosa di sfregarsi al contatto con le cose sensibili [...]. Inquinavo così la fonte dell'amicizia con le sozzure della concupiscenza e ne oscuravo il candore con le tenebre della libidine, e tuttavia, sporco e volgare, smaniavo dalla vanità di apparire elegante e raffinato". Ecco di che cosa è capace il sé, non solo di sporcarsi ma anche di pretendere di essere pulito. Ancora Agostino: "La volontà traviata genera la passione, e la soggezione alla passione genera l'abitudine, e il cedimento all'abitudine genera la necessità. Con questa specie di anelli agganciati l'un l'altro – perciò ho parlato di *catena* – mi teneva avvinghiato una dura schiavitù".[24]

Prima di Agostino era stato l'apostolo Paolo a presentare un severo giudizio sulla propria interiorità, in un brano che è opportuno citare diffusamente perché ha segnato nel profondo la storia della coscienza occidentale: "Non riesco a capire ciò che faccio: infatti io faccio non quello che voglio, ma quello che detesto. Ora, se faccio quello che non voglio, riconosco che la Legge è buona; quindi non sono più io a farlo, ma il peccato che abita in me. Io so infatti che in me, cioè nella mia carne, non abita il bene: in me c'è il desiderio del bene, ma non la capacità di attuarlo; infatti io non compio il bene che voglio, ma il male che non voglio. Ora, se faccio quello che non voglio, non sono più io a farlo, ma il peccato che abita in me. Dunque io trovo in me questa legge: quando voglio fare il bene, il male è accanto a me" (*Romani* 7,15-21).

Il sospetto verso se stessi fa parte dell'insegnamento dello stesso Gesù nella sua po-

24. I brani delle *Confessioni* sono, nell'ordine, II, 10, 18; X, 2, 2; III, 1, 1 e VIII, 5, 10; tr. it. di Gioacchino Chiarini, Fondazione Lorenzo Valla-Mondadori, Milano 1992-1997, vol. I, p. 75; vol. IV, p. 9; vol. I, p. 77 e vol. III, p. 73.

lemica contro una religiosità solo esteriore: "Ciò che esce dall'uomo è quello che rende impuro l'uomo. Dal di dentro infatti, cioè dal cuore degli uomini, escono i propositi di male: impurità, furti, omicidi, adulteri, avidità, malvagità, inganno, dissolutezza, invidia, calunnia, superbia, stoltezza. Tutte queste cose cattive vengono fuori dall'interno e rendono impuro l'uomo" (*Marco* 7,20-23). "Dal di dentro", nell'originale greco *ésothen*, è un avverbio che ricorre altre volte nei Vangeli con il medesimo cupo significato, come quando si dice dei falsi profeti che "dentro sono lupi rapaci" (*Matteo* 7,15), o degli scribi e dei farisei che "dentro sono pieni di avidità e di intemperanza" (*Matteo* 23,25), che assomigliano a sepolcri imbiancati che "dentro sono pieni di ossa di morti e di ogni marciume" (*Matteo* 23,27).

Fedeltà a se stessi? Questo minuscolo sé che cosa contiene di così grande per essergli fedele? Appare spesso così piccolo, altezzoso, supponente, meschinamente interessato... stupido. Affidarsi a questa instabile imbarcazione per attraversare il mare della vita non è certo una garanzia. Gesù lo insegnava a suo modo dicendo "chi vorrà salvare la propria vita, la perderà", cioè chi si concentrerà unicamente su se stesso si smarrirà, chi imposterà la sua vita solo sul proprio interesse e sul proprio piacere non guadagnerà ciò che è veramente prezioso nella vita: "Che giova infatti all'uomo guadagnare il mondo intero, se poi perde la propria anima?".[25]

Siamo in presenza di un paradosso. C'è qualcosa che si può perdere o che si può guadagnare, e questo qualcosa è la *psyché*, l'anima spirituale, cioè (dinamicamente considerata) la libertà. Devo fare di tutto per guadagnare la mia anima spirituale, per salvaguardare la mia libertà, perché lo scopo della mia esistenza di uomo consiste esattamente in questo. Ma ecco il paradosso: proprio per guadagnare il centro di me stesso, devo diffidare di me stesso, mi devo superare. La versione della Cei traduce le parole di Gesù in *Marco* 8,34 in questo modo: "Se qualcuno vuol venire dietro di me rinneghi se stesso",

25. Qui ho citato la versione del 1971 e non la nuova traduzione Cei del 2008, che ritengo inadatta a causa della scelta di tradurre il greco *psyché* non più con "anima" (come è tradizione a partire dalla Volgata) ma con "vita" – un altro degli effetti del biologismo che attraversa la Chiesa cattolica ai nostri giorni e che la rende particolarmente in difficoltà nel pensare l'antropologia e l'escatologia.

mentre sarebbe meglio rendere il verbo greco *aparnéomai* con "negare" nel senso di "vincere", "superare": se qualcuno vuol venire dietro di me, si deve negare, si deve superare. Non si tratta di rinnegare se stessi quasi in odio a se stessi, ma si tratta di superare i propri interessi particolari per realizzarsi veramente nell'adesione a qualcosa di più grande. Solo uscendo dal mio orizzonte inevitabilmente limitato sarò infatti nella condizione di incontrare qualcosa di più grande e di più stabile del mio piccolo e instabile Io, affidandomi al quale il mio Io nella sua profondità (l'anima spirituale) non si perde, ma si guadagna, si fortifica, si compie. Questa concezione dell'esistenza suppone un'antropologia dinamica e non statica, considerata alla luce dell'evoluzione e del progresso e non della stasi e della conservazione. Il nostro essere-energia va coltivato, speso, investito: solo così si sviluppano tutte le nostre potenzialità e diventiamo veramente ciò che siamo, cioè libertà che vuole la verità, che vuole aderire alla realtà.

Autentico, formato sul greco *autòs* cioè "se stesso", significa "fedele a se stesso", ma il paradosso che stiamo mettendo a tema è che proprio dall'interno dell'uomo procedono le insidie e le trappole dell'inautenticità. Proprio ciò a cui devo essere fedele per essere autentico è quanto maggiormente mi spinge verso il narcisismo all'origine dell'inautenticità. Per essere autentico devo essere fedele a me stesso, ma, allo stesso tempo, devo diffidare di me stesso. Siamo dunque alle prese con una necessaria fedeltà a se stessi e con una altrettanto necessaria esigenza di trascendersi, perché se è vero che non c'è nulla di più triste di una personalità grigia che quasi rimpiange di esistere, al contempo non c'è nulla di più noioso di chi sa parlare solo di sé in un monotono susseguirsi di io, io, io.

Tra questi due estremi vado alla ricerca di un punto di equilibrio e ritengo che esso si trovi cercando sempre e solo la verità, sia dentro sia fuori di sé. Anzitutto dentro di sé, secondo queste luminose parole di Shakespeare: "Questo soprattutto: sii sincero con te stesso, e ne seguirà come la notte al giorno che non potrai essere falso verso nessuno".[26] Parole di capitale importanza: tutto parte dalla sincerità verso di noi. Le piccole o le

26. William Shakespeare, *Amleto*, cit., atto primo, scena terza, p. 17.

grandi menzogne che diciamo agli altri e che impediscono alla nostra vita di essere autentica il più delle volte non sono altro che la conseguenza inevitabile delle menzogne che diciamo prima di tutto a noi stessi. È la verità verso di sé la sorgente della qualità in grado di trasformare una vita falsa in una vita autentica. Ma la verità verso di sé può scaturire solo dal fatto che, più di se stessi, si ama la verità, la verità in sé e per sé, si direbbe con terminologia hegeliana. L'amore per la verità è la luce che rende pienamente autentica la vita, la sua assenza ciò che la rende inautentica. Ma che cos'è, la verità?

## *14. Che cos'è la verità?*

Al sentire solo pronunciare il termine *verità* oggi è pressoché inevitabile che risuoni in noi la scettica domanda di Pilato a Gesù: "Che cos'è la verità?" (*Giovanni* 18,38). Sia chiaro che per il procuratore romano la domanda non aveva nulla di teoretico ma rappresentava solo uno sprezzante giudizio su quel pazzo idealista che aveva di fronte, e quindi è da leggersi immaginando Pilato che muove la mano avanti e indietro, le quattro dita giustapposte al pollice, un amaro sorriso sul viso, e nessun desiderio di ascoltare un'eventuale complicata risposta. Il fatto è che anche qui in Occidente, quando si sente parlare di "verità", non si può fare a meno di ripetere mentalmente il gesto di Pilato. Siamo vecchi noi occidentali, abbiamo una lunga storia alle spalle, e migliaia di libri che hanno fatto a pezzi l'ideale di una verità unica e immutabile. Certo, l'atteggiamento varia a seconda dei contesti. I credenti quando ascoltano l'autorità religiosa parlare di verità sono ben lungi dall'imitare Pilato, basta però che a pronunciare questa parola sia un politico della parte avversa o un filosofo agnostico perché essi si ritrovino nei panni del procuratore romano. E molti non-credenti, mentre esercitano con passione lo scetticismo di Pilato quando si tratta della pretesa veritativa della religione, ospitano ben altro sentimento quando a parlare è uno scienziato (e non di scienza, ma della sua filosofia di vita) o il leader politico di riferimento.

Il fatto è che noi postmoderni occidentali nei confronti della verità siamo nella medesima situazione del poeta latino alle prese con l'infelice condizione di non poter più vivere insieme alla sua donna, dopo tutti i guai che gli aveva fatto passare, ma neppure di poter vivere senza di lei: *nec tecum nec sine te vivere possum*. Una situazione imbarazzante, non ci sono dubbi. Così è per noi con il concetto di verità, che non possiamo fare a meno di coltivare praticamente (essendo indispensabile nella ricerca scientifica, nel mondo dell'informazione, nell'amministrazione della giustizia e soprattutto nelle relazioni personali di ogni giorno), ma che non sappiamo più pensare teoreticamente, di cui anzi non pochi sono teoreticamente nemici perché ritengono che dall'idea di verità discendano la violenza e l'intolleranza (mentre è vero solo che violenza e intolleranza discendono da un'idea sbagliata di verità, in particolare da quella che la identifica con il potere, sia esso politico o religioso o peggio ancora una sintesi di entrambi).

Ma desidero essere più concreto. Il 30 gennaio 1933 Hitler sale al potere. Nello stesso anno il pastore protestante Dietrich Bonhoeffer, allora ventisettenne e alle prime armi come docente di teologia all'Università di Berlino, prende apertamente posizione contro la politica razzista del nuovo governo tedesco, dapprima con una conferenza pubblica sulla questione ebraica nel mese di aprile, poi, in agosto, distribuendo un volantino con una dura critica a chi voleva espellere dalla Chiesa protestante tedesca i cristiani di origine ebraica. È l'inizio di un impegno a favore della giustizia per il quale avrebbe pagato con la vita. Nel 1936 gli ritirano l'autorizzazione all'insegnamento universitario, nel 1940 gli vietano di parlare in pubblico obbligandolo a notificare i propri movimenti alla polizia, nel 1941 gli proibiscono ogni forma di pubblicazione, infine il 5 aprile 1943 la Gestapo lo arresta con l'accusa (fondata) di cospirazione. Passerà due anni nel carcere militare di Tegel a Berlino, per essere infine trasportato nel lager di Flossenbürg dove verrà impiccato la mattina del 9 aprile 1945.

Prima di essere arrestato Bonhoeffer stava lavorando a un libro sull'etica. È in questa prospettiva di ricerca che si inserisce un saggio intitolato *Che cosa significa dire la verità?*, di cui riporto il seguente brano: "Un maestro chiede a un bambino dinanzi a tutta la classe se è vero che suo padre spesso torni a casa ubriaco. È vero, ma il bambino nega [...]. Nel rispondere negativamente alla domanda del maestro, egli dice effettivamente il falso, ma in pari tempo esprime una verità, cioè che la famiglia è un'istituzione *sui generis* nella quale il maestro non ha diritto di immischiarsi. Si può dire che la risposta del bambino è una bugia, ma è una bugia che contiene più verità, ossia che è più conforme alla verità che non una risposta in cui egli avesse ammesso davanti a tutta la classe la debolezza paterna".[27]

Bonhoeffer dice che una bugia, un'esplicita negazione della verità e come tale un'affermazione falsa (mio padre non è un ubriacone), può contenere più verità di un'affermazione in sé vera (mio padre è un ubriacone). Con ciò egli profila una concezione della verità a più dimensioni, per illustrare la quale mi permetto di proseguire l'esempio. In quella classe ci sono due ragazzi che abitano vicino all'interrogato e sanno perfettamente come stanno le cose. Uno di loro, per amore di precisione, si alza in piedi e dice di conoscere benissimo qual è la realtà dei fatti, ossia che il padre torna spesso ubriaco. L'altro, però, interviene dicendo che non è per

27. Dietrich Bonhoeffer, *Che cosa significa dire la verità?* (1942), in appendice a *Etica*, tr. it. di Aldo Comba, Bompiani, Milano 1983[3], pp. 310-311.

nulla così, che il ragazzo che ha appena parlato si sbaglia perché confonde il padre del ragazzo interrogato con un altro uomo, e che lui, che abita proprio lì accanto, può garantire che le cose stanno effettivamente così. Chi tra questi due ragazzi dice la verità?

Il primo ricorda la figura di "colui che pretende di dire la verità dappertutto, in ogni momento e a chiunque", ma chi agisce così "è un cinico che esibisce soltanto un morto simulacro della verità".[28] Il secondo personifica una concezione secondo la quale il rapporto umano è più importante della descrizione oggettiva di come stanno effettivamente le cose, una concezione della vita al vertice della quale c'è la relazionalità dell'essere e che individua il criterio decisivo nell'incremento della qualità delle relazioni. Nel primo caso la verità è qualcosa di statico, è un dato di fatto: il padre è ubriaco punto e basta, poche chiacchiere. Nel secondo caso la verità è qualcosa di dinamico, più esattamente di relazionale, che sa collocare il dato di fatto dell'ubriachezza del padre nel contesto più ampio di un figlio costretto a riconoscerla pubblicamente di fronte al maestro e ai compagni di classe e che per questo,

28. *Ibidem*, p. 309.

negandola a un primo livello (quello dell'esattezza), la serve a un livello più alto (quello della relazione). Nel primo caso la verità si dice, si riconosce, si dichiara, si professa. Nel secondo caso la verità si fa, si attua, si realizza, si costruisce. Nel primo caso la verità è un dato, una tesi, una dottrina, un dogma. Nel secondo caso la verità è un processo, un evento, una relazione, un sistema. Nel primo caso chi nega la verità dice un'eresia. Nel secondo caso chi nega la verità agisce ingiustamente.

La seconda prospettiva è quella di Bonhoeffer, e anche la mia. Scrive il grande teologo che "la parola veridica non è una grandezza costante in sé: è vivente come la vita stessa. Quando essa si distacca dalla vita e dal rapporto concreto con il prossimo, quando qualcuno dice la verità senza tenere conto della persona a cui parla, c'è l'apparenza ma non la sostanza della verità".[29] Era anche la posizione di Gesù, per il quale la verità è una grandezza che si fa, non una dottrina che si professa, e per questo diceva "chi *fa* la verità viene alla luce" (*Giovanni* 3,21).

Forse inizia a risultare chiaro che la verità non si dà senza lavoro umano, il lavoro di chi

29. *Ibidem*.

ama il bene e la giustizia e vuole realizzarli anche a costo di pagare un prezzo, come probabilmente sarà stato il caso del secondo ragazzo per aver perso i favori del maestro. La verità è qualcosa che si muove, esattamente come si muove la vita, perché la verità è la vita buona, la vita autentica. La figura più alta della verità è quella del bene e della giustizia, verità come bene e giustizia per gli uomini. Verità è un concetto integrale, che riguarda tutte le dimensioni umane. Questo concetto di verità è in grado di contenere in sé anche il negativo, anche il falso e l'errore, ed è davvero universale. Viene alla mente il motto episcopale del cardinale Carlo Maria Martini: "Pro veritate adversa diligere". Ne viene che la verità si attinge solo superando il piano immediato dell'essere, quello dell'esatto e del suo contrario. La verità supera il piano immediato dell'essere, supera "questo mondo", e risulta una costruzione spirituale, una creazione sovra-naturale (non sovrannaturale, nel senso miracolistico di violazione delle leggi fisiche, ma sovra-naturale, nel senso che al dato naturale si aggiunge il lavoro dello spirito umano).

Un maestro chiede a un bambino davanti

a tutta la classe se suo padre è alcolizzato. La verità è che lo è, ma il bambino risponde di no. La sua affermazione però non è una menzogna, ma una custodia a un livello superiore della verità, della verità che non è riducibile all'esattezza, ma che è anche misura, giustizia, bene, bellezza, decoro. E il compagno che lo contraddice per ristabilire la verità oggettiva dell'alcolismo del padre non serve la verità ma ne fa un uso cinico, magari per fare bella figura davanti al maestro, e così la tradisce. La verità si attinge solo quando si ha a cuore l'intero. Essa non è solo esattezza, ma soprattutto bene e giustizia, cioè saggezza nell'utilizzazione del dato esatto. La verità è molto più che esattezza, perché l'esattezza dice solo un aspetto particolare della realtà. La verità invece è l'intero delle relazioni, e in essa si può entrare solo mediante l'adeguazione della nostra intelligenza e della nostra volontà alla totalità del reale, un'adeguazione che richiede grande intelligenza emotiva e grande umiltà.

### *15. Le due dimensioni dell'autenticità*

L'autenticità è una dimensione sintetica dell'esistenza, uno di quei rari concetti che possono servire da sigla complessiva per definire un uomo per ciò che veramente è, al di là di quello che possiede, di quello che sa e anche di quello che compie. Che un uomo non sia un vero uomo per le ricchezze che possiede e per le cose che sa, penso non ci sia bisogno di rimarcarlo. Ma io aggiungo che non bastano neppure le azioni a definire un uomo. Anzitutto perché, allo stesso modo delle idee e delle dottrine, la valutazione delle azioni dipende dai singoli punti di vista. La cosa appare evidente dalla risposta dell'oste al Renzo manzoniano quando questi gli chiese come facesse a sapere che quei due sconosciuti nella locanda erano dei galantuomini: "Le azioni, caro mio: l'uomo si conosce all'azioni. Quelli che bevono il vino senza criticarlo, che pagano il conto senza tirare, che non metton su lite con gli altri avventori, e se hanno una coltellata da consegnare a uno, lo vanno ad aspettar fuori, e lontano dall'osteria, tanto che il povero oste non ne vada di mezzo, quelli sono i galantuomini".[30] Una volta innalzati gli affari dell'osteria

30. Alessandro Manzoni, *I Promessi Sposi* (1827), VII, 71; edizione a cura di Angelo Stella e Cesare Repossi, Einaudi-Gallimard, Torino 1995, pp. 102-103.

a criterio ultimo di valutazione, non ci sono dubbi che l'oste abbia ragione: la valutazione procede sempre sulla base del criterio assunto. E però, se anche entrassimo in possesso di un criterio unico, le azioni continuerebbero a non poter essere la base sufficiente per individuare un uomo autentico, perché persino dietro atti indubitabilmente eroici e sublimi gesti di carità si possono celare solo vanagloria e narcisismo. Lo sottolineava già san Paolo: "Se anche dessi in cibo tutti i miei beni ma non avessi l'amore, a nulla mi servirebbe" (*Prima lettera ai Corinzi* 13,3). Che cosa si può fare di più eroico che spogliarsi di tutti i beni per gli altri? Non è forse il segno più concreto dell'autenticità? No, perché fermandosi alle azioni non si tocca il profondo interiore del soggetto. Ne viene che le azioni di un uomo (il suo successo economico, il suo sapere erudito, persino le sue eroiche imprese) non sono sufficienti perché si possa dire di essere al cospetto di un vero uomo.

Io ritengo che a costruire la pienezza del concetto di autenticità concorrano due dimensioni, una soggettiva e una oggettiva. La prima riguarda il rapporto del soggetto con se stesso e si traduce in genuinità, spontaneità, schiettezza, sincerità. La seconda riguarda il rapporto del soggetto con la realtà esterna e con gli altri e si traduce in giustizia, lealtà, dedizione al bene, amore della verità. Mi soffermo anzitutto sul livello soggettivo dell'autenticità.

Dato che ogni essere umano è in se stesso interiorità ed esteriorità, la situazione di autenticità soggettiva si ha quando tra l'esteriorità (le parole che uno dice, le azioni che uno compie) e l'interiorità (le intenzioni che lo animano, i sentimenti che prova davvero) c'è armonia. Un tale uomo dice quello che pensa, compie quello che crede, sente davvero quello che manifesta.

Ognuno di noi, infatti, è soggettivamente abitato da una duplice melodia: una melodia interiore che risuona da sé quasi in modo necessario ("per l'uomo il carattere è il suo demone", dice un celebre frammento di Eraclito),[31] e una melodia esteriore che è il soggetto a eseguire consapevolmente nelle relazioni con gli altri mediante le sue parole, le sue azioni, i suoi sorrisi, i suoi silenzi, le sue consuete, e più o meno studiate, cerimonie

31. Cito il detto di Eraclito da Diels-Kranz, 22 B 119; tr. it. cit., tomo primo, p. 220.

quotidiane. Intendo dire che ogni essere umano contiene una sorta di polifonia: da un lato un canto fermo o basso continuo rappresentato dalla musica che scaturisce dal suo temperamento personale indipendentemente dal volere, e dall'altro il motivo dominante, più acuto, più elaborato, dato dalle azioni e dalle parole volontarie, che si sovrappone al basso continuo del temperamento. Quando tra i due motivi musicali (quello spontaneo e quello costruito) c'è armonia, siamo in presenza di una persona soggettivamente autentica e questo è ciò che io definisco il primo livello dell'autenticità umana. La prima tesi secondo cui "l'uomo autentico è l'uomo libero" si può riscrivere in questo modo: "l'uomo autentico è l'uomo fedele a se stesso".

Questo primo livello però non basta. Quando infatti si è in presenza solo di esso si ha la figura di Bruto, di fronte al quale Antonio sente sì la necessità di riconoscere che era un vero uomo pur essendogli nemico mortale, ma che tuttavia ha combattuto fino alla morte. Esiste una seconda dimensione per una vita davvero autentica, una dimensione oggettiva, che concerne la qualità della prospettiva ideale per la quale si vive e le azioni concrete che ne scaturiscono. Un uomo al proprio interno può essere del tutto autentico, perfettamente dedito all'ideale, privo del più piccolo interesse personale, ma tuttavia vivere per un ideale sbagliato e quindi presentare una vita autentica solo a metà. Il caso esemplare è il fanatismo, politico o religioso che sia. Qui abbiamo a che fare con veri e propri asceti, nessun dubbio al riguardo, ma dell'idiozia, e talora del crimine. Forse anche di fronte a Osama Bin Laden si può dire di essere in presenza di un uomo soggettivamente autentico, così fedele al suo ideale da spendere per esso tutti i suoi beni e da rischiare ogni giorno la vita con un'esistenza all'insegna della più dura austerità. Forse anche Hitler era così (Mussolini no, penso che non arrivasse neppure a questa altezza del male). Forse erano così anche Lenin e Stalin, Mao Tze-tung e Pol Pot, che messi insieme hanno ucciso svariate decine di milioni di uomini. Forse anche i terroristi rossi e neri che hanno sparato alle spalle di persone per bene e mettevano le bombe nei treni e nelle piazze erano così. Persino i mafiosi si chiamano tra loro "uomini d'onore". Forse anche il padre domenicano Tomás de Torquemada, fondatore dell'Inquisizione spagnola e principale responsabile della cacciata degli ebrei dal regno di Spagna, era così, un uomo autentico tutto d'un pezzo, e forse anche Roberto Bellarmino, gesuita, cardinale, dichiarato santo e dottore della Chiesa, che fece bruciare vivo Giordano Bruno perché non aveva abiurato le sue idee, era così. Dai dittatori agli inquisitori, tutti uomini soggettivamente autentici. Ma l'ideale a cui un uomo è autenticamente fedele può essere distruttivo per gli altri e una prigione per lui. Può generare aggressività, violenza, superstizione, odio, morte, come di fatto è avvenuto e avviene, e in questo senso si parla correttamente di "vittime della verità", anche se tutto ciò non ha nulla a che fare con la verità nel suo senso autentico ma ne è solo un sanguinoso parassita. La verità autentica, infatti, ha natura relazionale, coincide con il bene e con la giustizia, e perciò le idee che intendono rappresentarla si verificano pragmaticamente sulla capacità di produrre bene e giustizia. L'albero, è stato detto, "si riconosce dai suoi frutti" (*Luca* 6,44).

Occorre quindi un secondo livello per essere realmente in presenza di una vita autentica, il livello rappresentato dall'ideale che attrae e modella la nostra energia vitale, perché, come annotava Marco Aurelio, "ognuno vale tanto quanto le cose a cui si interessa",[32] parole corrispondenti a queste altre: "Dov'è il tuo tesoro, là sarà anche il tuo cuore" (*Matteo* 6,21). Io ritengo che qui siamo in presenza della dimensione decisiva dell'esistenza, il luogo dove si gioca la partita più importante, la vera e propria questione ultima. Il concetto di autenticità rimanda a una permanente tensione verso la verità o (che è lo stesso alla luce del concetto relazionale di verità) verso la giustizia. Si tratta di una tensione che conduce il soggetto a uscire da sé superando i suoi interessi immediati, compresi quelli del partito, del movimento o della Chiesa in cui milita, a cui non sacrificherà mai la sua onestà intellettuale, a cui non venderà mai la sua anima. La fedeltà alla verità e alla giustizia è per lui l'unica stella polare.

In questa uscita da sé, però, il soggetto non si perde, ma si ritrova a un livello più

32. Marco Aurelio, *Pensieri*, cit., VII, 3, p. 141.

profondo, e la sua vita si compie, diviene pienamente autentica. Il vero uomo è colui che ha trovato qualcosa di più grande di sé per cui vivere, ma che proprio per questo acquisisce un sapore, un timbro, una musica interiore del tutto personali e inconfondibili. Si consegna a qualcosa di più grande, ma così, lungi dall'alienarsi, acquisisce una peculiarità personale per descrivere la quale ricorro ancora una volta a Shakespeare: "Dammi quell'uomo che non è schiavo della passione, ed io lo porterò nell'intimo del mio cuore, sì, nel cuore del mio cuore".[33]

## *16. La speranza di un uomo*

Prima ho scritto che il vero uomo è colui che "ha trovato" qualcosa di più grande di sé per cui vivere. Ora intendo sottoporre ad analisi critica questa mia affermazione: che cosa significa che un uomo ha *trovato*?

In un celebre passo della *Critica della ragion pura* Kant presenta le questioni filosofiche fondamentali secondo tre domande, formulate in prima persona:

33. William Shakespeare, *Amleto*, cit., scena prima, atto terzo, p. 55.

1. Che cosa posso sapere?
2. Che cosa debbo fare?
3. Che cosa mi è lecito sperare?[34]

L'uso della prima persona è decisivo. Non si tratta di disquisire gratuitamente ma di trovare la prospettiva giusta per dare una forma autentica alla propria vita, a questa esistenza qui e ora, nella sua solitudine e nella sua capacità di relazione con gli altri: è questo che ha a cuore il più profondo pensare, e per questo Kant utilizza la prima persona singolare.

Che cosa posso sapere? Il sapere riguarda l'intelletto e la ragione, e di esso Kant si occupa nella *Critica della ragion pura*. Il risultato cui approda è che di me e del mio destino non posso sapere nulla di certo, perché sulle questioni essenziali della vita si danno ragioni per sostenere una tesi e il suo contrario, sicché pensare onestamente alla mia identità e al mio destino significa imbattermi in inevitabili paralogismi e antinomie. Che cosa devo fare? Il fare riguarda la morale, e di esso Kant si occupa nella *Critica della ragion pratica*. La

34. Immanuel Kant, *Critica della ragion pura* (1781), B 833, A 805; ed. it. a cura di Pietro Chiodi, UTET, Torino 2005, p. 607.

sua risposta è che esiste un dovere sopra di me che io devo compiere, non perché me lo imponga qualcosa di esterno a me (la religione, il libro sacro, la società, il rango sociale, l'appartenenza politica...), ma perché si tratta di un dovere radicato nella mia stessa natura umana; è vero, gli uomini possono vivere rispettando oppure no questo dovere, ma solo chi lo riproduce con giustizia dentro e fuori di sé sarà veramente uomo e non tradirà la sua natura di essere razionale e pensante.

Rimane infine la terza domanda: che cosa mi è lecito sperare? Per poter rispondere occorre sapere quale facoltà venga messa in gioco dalla speranza e la cosa non doveva essere del tutto chiara neppure per Kant che ne tratta nella terza critica, la *Critica del giudizio*, il cui messaggio centrale è difficilmente sintetizzabile in poche parole. Rimane però il problema sollevato, cioè quale possa essere un legittimo orizzonte di senso per dare energia e voglia di vivere alle mie giornate. Che cosa posso sperare per la mia vita e per quella dei miei cari? Che cosa mi è lecito sperare senza tradire la mia natura razionale? Sono alla ricerca di una speranza legittima, tale che non tradisca la mia ragione, ma insieme tale da salvarmi dal gorgo del cinismo di chi ritiene la vita solo un inganno dove vincono inevitabilmente solo i più furbi. I furbi... Ricordo il senso di ribellione che saliva in me da bambino quando gli adulti mi dicevano che la vita è dei furbi e che dovevo imparare a essere furbo se volevo farmi strada nel mondo. Non so perché, ma ho sempre istintivamente detestato la furbizia, che ritengo un uso distorto dell'intelligenza. Il che naturalmente non significa che si debba essere ingenui, perché, come insegna l'etica classica, la virtù sta nell'equilibrio tra due estremi (anche se tra i due estremi in questione io sento un'istintiva simpatia per l'ingenuità del principe Miškin, il protagonista dell'*Idiota* di Dostoevskij, e un'altrettanto istintiva repulsione per la furbizia ingannatrice di cui è purtroppo inutile fare esempi, tanto è diventata uno stereotipo dell'essere italiani).

Tornando alla speranza, devo dire che per anni l'ho sempre ritenuta una virtù accanto alle altre, anzi persino inferiore alle altre, di cui gli uomini forti avrebbero anche potuto fare a meno, come riteneva Aristotele. Ora penso invece che si tratti di una virtù che è la sintesi dell'intera personalità, nel senso che ogni uomo è la sua speranza, ogni uomo è definito dall'oggetto del suo sperare. La vita è paragonabile a un viaggio, e l'oggetto della speranza è la meta verso la quale si viaggia. La vita è paragonabile a una caccia al tesoro, e il tesoro che un uomo cerca è ciò che lo definisce, perché è in base a esso che egli interpreta e gerarchizza le persone che incontra e le esperienze che fa. Se il tesoro che cerca è il denaro, farà tutto in funzione del denaro, anche le amicizie e le frequentazioni, persino il matrimonio e l'educazione dei figli vi saranno funzionali. Se il tesoro che cerca è il potere, farà tutto in funzione del potere, persino la fede religiosa potrà essere abbracciata o dismessa a seconda dell'evenienza, perché chi determina così la propria esistenza sa bene che *Paris vaut bien une messe*, come ebbe a dire Enrico IV passando dal protestantesimo al cattolicesimo per diventare re di Francia, e come prima e dopo di lui hanno ripetuto molti altri, divenuti cattolici, protestanti, ortodossi, musulmani, atei e via dicendo, a seconda di come il potere avrebbe ricompensato.

Il tesoro che un uomo cerca con la sua vita di ogni giorno è la sua speranza, e quindi ogni uomo consiste nella sua speranza, perché "dov'è il tuo tesoro, là sarà anche il tuo cuore". La speranza ha a che fare con una dimensione unitaria dell'essere umano, dove l'intelletto e la volontà si uniscono dando origine a qualcosa di superiore che dà il sapore complessivo alla personalità. Un vero uomo è tale non in base a ciò che ha, non in base a ciò che sa, neppure in base a ciò che fa, ma in base a ciò che è; ma ciò che un uomo è, in quanto essere individuale e irripetibile, è sì il suo corpo fisico, è sì la sua professione, ma è ancor più la sua speranza, cioè la tensione complessiva della sua vita e il sapore di fondo che ne deriva all'intera personalità, la musica che fuoriesce quando lui si presenta e che gli altri percepiscono, che lo si voglia oppure no. Se infatti la speranza non si può misurare come l'intelligenza mediante test, e neppure come si misura la volontà per la quale pure vi sono metodi appositi (alcuni dei quali molto singolari come camminare tra carboni ardenti o rimanere chiusi per ore in una bara con solo una minuscola fessura per l'aria), ciò che un uomo interiormente è si può tuttavia percepire lo stesso, forse si può dire che lo si vede con il terzo genere di conoscenza di cui parla Spinoza verso la fine della sua *Etica*.[35] Nessuno sa se ci sarà davvero una pesatura delle anime alla fine del mondo, ma la bilancia della psicostasia esiste dentro ciascuno di noi, perché ciascuno è in grado di capire quanto pesa la propria e l'altrui personalità e di sentire se chi abbiamo di fronte è in vendita, e per quanto, oppure no.

La speranza per cui un uomo vive e che costituisce il suo tesoro ideale definisce la sua più peculiare personalità, dà forma e sostanza alla sua anima. Ed è questo che intendo col dire che il vero uomo ha *trovato*. Non ha trovato nulla di definitivo, di conclusivo, di indiscutibile. Purtroppo (o per fortuna) la vita è fatta in modo tale da non lasciar sussistere nulla di definitivo, di conclusivo, di indiscutibile. La speranza è destinata a rimanere speranza, a non trasformarsi mai in sapere. L'uomo che definisco *vero* ha trovato una speranza (non una dottrina né un'ideologia) per la quale vivere, come una specie di luce, lontana, verso cui camminare. Questa speranza non è un possesso che si può materializzare (né come dottrina né come ideolo-

35. "Lo sforzo supremo della Mente e la sua virtù suprema è comprendere le cose con il terzo genere di conoscenza": Baruch Spinoza, *Etica*, cit., V, 25, p. 362.

gia), perché assomiglia alla manna che pioveva nel deserto al tempo dell'esodo, la quale generava vermi e imputridiva se non veniva mangiata al momento ma si tentava di conservarla (vedi *Esodo* 16,20). La lotta contro l'idolatria che attraversa la Bibbia ebraica va attualizzata oggi anzitutto contro le strumentali materializzazioni della speranza, il cui ideale purissimo non può essere manipolato a fini terreni, altrimenti imputridisce e si riempie di vermi.

Sostengo quindi che l'uomo compie la sua vita, rendendola oggettivamente autentica e uscendo dalle trappole dell'Io, quando vive per una speranza più grande di lui, in base alla quale egli, a poco a poco, giunge a dare forma a tutto quello che fa e che dice. Ma ritorna la domanda di Kant: che cosa, dal punto di vista del contenuto, è lecito sperare? La risposta è semplice e insieme stupefacente: è lecito sperare che l'ultimo orizzonte dell'essere sia non l'assurdo ma il senso, non il male ma il bene, non il nulla ma l'essere, non la morte ma la vita. Questo, a un uomo ragionevole, è lecito sperarlo. Saperlo no, ma sperarlo in modo ragionevole sì. Anzi, continua Kant, "io avrò fede nell'esistenza di Dio e in una vita futura, e ho la certezza che nulla potrà mai indebolire questa fede, perché in tal caso verrebbero scalzati quei principi morali cui non posso rinunciare senza apparire spregevole ai miei stessi occhi".[36] Vivere per qualcosa di più grande di sé come il bene e la giustizia, cioè vivere l'esistenza all'insegna della più pura prospettiva etica, apre la speranza della mente al fatto che qualcosa di più grande di sé esiste veramente, che esiste una dimensione dell'essere più grande di quella di questo piccolo Io destinato a finire, una dimensione che i popoli di tutti i tempi hanno intuito e chiamato *divino*, assegnandovi poi il nome particolare di cui erano capaci, tutti comunque inadeguati. Sperare in un senso complessivo dell'essere che si dice come vita e come bene significa aver fede in un Dio.

Un uomo può essere abitato da questa speranza sul senso complessivo della vita, e un altro no, e perché questo avvenga nessuno lo sa. Ma per una vita autentica è necessario credere in un Dio? Sono convinto di no. Ritengo, però, che non sia possibile una vita pienamente autentica senza *credere* nel bene

36. Immanuel Kant, *Critica della ragion pura*, cit., B 856, A 828, p. 621.

e nella giustizia, e che se un uomo *crede* nel bene e nella giustizia deve poi giustificare a se stesso perché lo fa e provare a pensare quale sia la concezione dell'essere più ragionevole che giustifica tale suo affidamento esistenziale al bene e alla giustizia. Se la logica del mondo non è indirizzata al bene e alla giustizia, perché costruirvi sopra la vita? Ma se vi è indirizzata, facendo sì che valga la pena impostarvi la vita, come chiamare questa direzione verso cui la logica del mondo conduce, direzione che è dentro il mondo ma che è anche più grande del mondo?

Io sono convinto che la dimensione etica, in quanto anelito al bene e alla giustizia, sia il fondamento autentico del pensiero del divino nella coscienza umana di tutti i tempi. Per questo, anche a prescindere da qualunque fede religiosa, "beati quelli che hanno fame e sete di giustizia" (*Matteo* 5,6). Infatti, se la speranza per cui uno vive è complessivamente orientata al bene e alla giustizia (intesi anche solo come forma delle relazioni umane e non come senso complessivo dell'essere), essa produce in chi la vive una luce particolare, la luce calma e benevola dell'uomo buono. Dell'uomo giusto. La dedizione della libertà a questa luce interiore rende la vita soggettivamente e oggettivamente autentica. Da qui la terza tesi: "L'uomo autentico è l'uomo che vive per la giustizia, il bene, la verità".

# Perché la vita autentica

## *17. La grande obiezione*

Penso sia giunto il momento di discutere un'obiezione che forse è sorta fin dall'inizio nella mente di qualcuno: perché mai si dovrebbe essere autentici? E soprattutto perché lo si dovrebbe essere sempre, anche quando sarebbe più conveniente non esserlo? Il ragazzo che ha difeso il compagno con il padre alcolizzato quasi sicuramente è andato in cerca di guai contraddicendo il maestro che dopotutto aveva visto giusto, e quindi non sarebbe stato meglio assecondare l'autorità, come ha fatto il primo, o al limite tacere? La vita è un gioco di forze, spesso cruento, e la prudente considerazione dell'utilità in ogni singola circostanza sembra la strategia più sensata. Che cos'è questa storia dell'autenticità? La vita è un teatro, a volte tragico, a volte comico, e chi la conosce sa che deve cambiare maschera ogni volta che cambia la scena e per questo ne possiede una ricca collezione che mette e toglie con disinvoltura: con i più deboli la maschera del duro, con i più forti quella del simpatico, nelle circostanze sentimentali quella del galante, alle manifestazioni culturali quella dell'appassionato, e a volte persino quella del devoto. Verità, giustizia, sincerità...? Molto meglio accorti stratagemmi, tattiche sperimentate su come muoversi con efficacia, utili avvertenze per stare alla larga da ogni illusorio idealismo: saggezza della vita come arte della guerra. È così che il mondo va avanti ed è così che si va avanti nel mondo. E perché proprio io dovrei essere così ingenuo da andare in giro senza maschera? Perché mai dovrei essere autentico?

Si tratta di un'obiezione potente e antichissima, la cui prima sistematica formulazione che io conosca si deve paradossalmente proprio a uno dei più convinti idealisti di tutti i tempi, Platone, che con acuta profondità dialettica dà voce ai personaggi di Trasimaco nel primo libro della *Repubblica* e di Callicle nel *Gorgia* per contestare radicalmente proprio la concezione della vita all'insegna della giustizia e del bene, cioè l'idea platonica per eccellenza. Mi soffermo su Callicle, il più radicale tra i due, che esprime la sua filosofia di vita in modo diretto e semplice, come tutti coloro che hanno le idee chiare: "Chi vuole vivere rettamente deve lasciar crescere i propri desideri il più possibile e non deve affatto reprimerli; e quando siano cresciuti al massimo, deve saperli assecondare con coraggio e con avvedutezza, e deve essere in grado di togliersi il gusto di tutto ciò di cui continuamente gli possa venir voglia".[1] A fondamento di questa concezione della vita vi è una precisa idea di natura, dichiarata da Callicle poco prima, secondo la quale "la natura e la legge sono perlopiù contrarie":[2] la natura, infatti, si muove in base alla forza e vuole che "il più forte domini il più debole",[3] mentre la legge è stata inventata dalla massa dei deboli a loro ipocrita protezione ("io credo che quelli che hanno stabilito le leggi siano stati gli uomini deboli e la massa").[4] La

1. Platone, *Gorgia*, 491e-492a; tr. it. di Giovanni Reale, in Platone, *Tutte le opere*, Rusconi, Milano 1994$^4$, p. 901.
2. *Ibidem*, 482e, p. 894.
3. *Ibidem*, 483d, p. 895.
4. *Ibidem*, 483b, p. 894.

natura, quindi, per Callicle è forza, competizione, guerra, e non ci sono dubbi che egli avrebbe fatto propria la definizione di vita naturale come *struggle for life* (lotta per l'esistenza), definizione che si ritrova nel titolo completo di *L'origine delle specie* di Darwin a partire dalla quinta edizione del 1869 (*On the Origin of Species by Means of Natural Selection, or the Preservation of Favoured Races in the Struggle for Life*). In questa prospettiva l'uomo che vive una vita autentica è il lottatore che, in obbedienza alla natura, sa realizzare sempre i propri desideri e impulsi vitali, perché il succo della vita non è altro che questo, imporre se stessi, ovvero "volontà di potenza", *Wille zur Macht*, come dirà Friedrich Nietzsche, spettacolare reincarnazione di Callicle: "La natura intima dell'essere è volontà di potenza".[5] E la morale? La morale è il risentimento dei deboli, che non potendo permettersi di affermare se stessi in questo modo sovrano covano un risentimento che li porta a inventare un sistema per impedire an-

5. Friedrich Nietzsche, *La volontà di potenza* (1906), aforisma 693; frammenti postumi ordinati da Peter Gast e Elisabeth Förster-Nietzsche, ed. it. a cura di Maurizio Ferraris e Pietro Kobau, Bompiani, Milano 2001$^{4}$, p. 379.

che ai forti l'esercizio senza confini della volontà. Ecco come Platone fa continuare Callicle: "Ma [togliersi il gusto di tutto ciò di cui viene voglia] non è possibile ai più, perciò essi biasimano quelli che lo possono, perché si vergognano di non potere anch'essi e, per nascondere la propria impotenza, sostengono che la dissolutezza è cosa turpe, cercando così di sottomettere gli uomini che per natura sono migliori. Poiché non sono in grado di soddisfare i loro piaceri, esaltano la temperanza e la giustizia, ma è solo a causa della loro mancanza di virilità".[6] Volendo palesare la reale genealogia della morale, molti secoli dopo Nietzsche riprenderà queste idee scrivendo che "nella morale ha inizio la rivolta degli schiavi".[7]

Le considerazioni di Platone in dialettica con se stesso (che solo per questo sono un esempio insigne di vita autentica della mente) contengono già il nucleo della critica distruttiva che Nietzsche muove contro la morale, o meglio contro l'idea che la vita auten-

6. Platone, *Gorgia*, cit., 492a, p. 901.
7. Friedrich Nietzsche, *Genealogia della morale. Uno scritto polemico* (1887), tr. it. di Ferruccio Masini, Adelphi, Milano 1990[4], p. 25.

tica si debba configurare all'insegna della morale facendo del bene e della giustizia il criterio decisivo. La vita in realtà si muove con una logica "al di là del bene e del male" perché consiste essenzialmente in una lotta per affermare se stessi, e non nella ricerca di un bene e di una giustizia in sé, che non esistono. La vita autenticamente vissuta sarà perciò quella dell'uomo che meglio adempirà alla realizzazione della propria volontà di potenza, la quale realizzazione, sia chiaro, non sarà sempre necessariamente violenta e ingiusta, molte volte anzi sarà corretta, magari garbata, talora persino generosa, ma altre volte vorrà imperversare come la furia degli elementi naturali. In ogni caso, sempre e comunque, avrà la medesima ferrea determinazione di chi afferma "io voglio" e sa imporre al mondo il proprio volere.

A ogni *pars destruens* deve necessariamente seguire una *pars construens*, non si può solo filosofare "col martello" (come recita il sottotitolo del *Crepuscolo degli idoli*), occorre saperlo fare anche con la cazzuola. Infatti anche Nietzsche ha un nuovo *éthos* da proporre in sostituzione della vecchia morale, un *éthos* che conosce "il perdurante e dominante sentimento di una superiore schiatta egemonica in rapporto a una schiatta inferiore",[8] che sa che la schiatta egemonica è "la bionda razza dominante, cioè quella ariana dei conquistatori" e la contrappone all'"uomo volgare, in quanto individuo dal colore scuro, soprattutto nero di capelli",[9] e che sa che "al fondo di tutte queste razze aristocratiche occorre saper discernere la belva feroce, la magnifica divagante *bionda bestia*, avida di preda e di vittoria",[10] "la furia della bionda bestia germanica".[11] Così conclude, in uno spettacolare crescendo: "Pretendere dalla forza che non si estrinsechi come forza, che non sia un voler sopraffare, un voler abbattere, un voler signoreggiare, una sete di nemici e di opposizioni e di trionfi, è precisamente così assurdo come pretendere dalla debolezza che essa si estrinsechi come forza".[12] La forza di cui parla Nietzsche ha avu-

8. *Ibidem*, p. 15.
9. *Ibidem*, p. 19.
10. *Ibidem*, p. 30.
11. *Ibidem*, p. 31.
12. *Ibidem*, p. 34. Più avanti si legge: "Parlare in sé di diritto e torto è cosa priva di ogni senso; in sé offendere, far violenza, sfruttare, annientare non può naturalmente essere nulla di 'illegittimo', in quanto la vita si adempie essenzialmente, cioè nelle sue funzioni fondamentali, offenden-

to modo di estrinsecarsi dal 1933 al 1945. Naturalmente con ciò non intendo fare di Nietzsche il responsabile del nazismo né tanto meno della Shoah, anche perché talora nei suoi scritti egli mostra ammirazione per gli ebrei e l'ebraismo (mentre ciò che detesta irreversibilmente è san Paolo e il cristianesimo paolino).[13] È almeno a partire dalla Grecia del V secolo a.C. che circola l'idea che sia la forza, e non il bene e la giustizia, il criterio assoluto dell'agire. Celebre al riguardo è il discorso che Tucidide fa pronunciare agli ambasciatori ateniesi rivolti ai restii abitanti dell'isola di Melo: "I concetti della giustizia affiorano e assumono corpo nel linguaggio umano quando la bilancia della necessità sta sospesa in equilibrio tra due parti. Se no, i più potenti agiscono, i deboli si piegano [...].

do, facendo violenza, sfruttando, annientando e non può essere affatto pensata senza questo carattere" (p. 65).

13. Altre volte, però, li accomuna nel suo disprezzo: "Si fa bene a mettere i guanti quando si legge il Nuovo Testamento. La vicinanza di tanta sozzura quasi vi ci costringe. Non sceglieremmo la compagnia dei 'primi cristiani' come neppure di ebrei polacchi: non che si senta la necessità anche di una sola obiezione contro di loro [...]. Sia gli uni che gli altri non mandano un buon odore [...] mancano gli istinti della *pulizia*" (Friedrich Nietzsche, *L'Anticristo. Maledizione del cristianesimo*, 1888, tr. it. di Ferruccio Masini, Adelphi, Milano 1984[6], pp. 63-64).

Riteniamo infatti che nel cosmo divino come in quello umano (vale l'opinione per il primo, ma per l'altro è una sicurezza nitida) urga eterno, trionfante, radicato nel seno stesso della natura, un impulso: a dominare, ovunque s'imponga la propria forza".[14]

Come si risponde all'obiezione di tutti i numerosi Callicle della storia? Rispondere è particolarmente importante per me, perché all'inizio di questo saggio ho sostenuto che il criterio della vita autentica deve essere intrinseco alla vita e non provenirle dall'esterno, e che la vita autentica è quella di chi riproduce la medesima logica all'opera nel processo vitale. Ho inoltre sostenuto che una precisa logica della vita non può essere ricavata analizzando le riflessioni degli uomini, per cui, teoreticamente parlando, l'unica conclusione saggia è la posizione del principio contraddizione. Ma ora questa mia conclusione sembra rivoltarsi contro di me: com'è possibile, infatti, dal principio contraddizione che rimanda all'indeterminatezza della libertà concludere che la vita autentica sia quella basata sulla mora-

14. Tucidide, *La guerra del Peloponneso*, V, 89 e 105; ed. it. a cura di Ezio Savino, Garzanti, Milano 1992[8], pp. 374 e 377.

le nella dedizione al bene e alla giustizia, e non invece quella indeterminata che sceglie a piacimento di stare dalla parte ora del bene ora del suo contrario? Se teoreticamente parlando si finisce nell'antinomia, com'è possibile stabilire che hanno ragione Socrate e Platone a parlare di bene e di virtù, e non Callicle e i sofisti a parlare di forza e di convenienza? Com'è possibile stabilire che ha ragione Kant a parlare di un imperativo categorico che ordina di fare il bene, e non Nietzsche ad affermare la volontà di potenza? Il conflitto, a mio avviso, sta tutto qui, nella competizione fra una concezione della vita all'insegna del bene e della giustizia oggettivi e una concezione della vita all'insegna della forza soggettiva; nella competizione fra una concezione dell'Io che si realizza dedicandosi al bene e alla giustizia al di là di se stesso, e una concezione dell'Io che si realizza concentrando tutto su di sé, piegando anche il bene e la giustizia, se, quando e come ne ha voglia.

## *18. La risposta è la relazione*

La questione del criterio del nostro agire rimanda a quella originaria sulla nostra identità. Prima dell'agire infatti c'è l'essere, e a questo riguardo la domanda è: ognuno di noi è definito dall'equazione Io = Io oppure dall'equazione Io = Noi? Detto in altri termini: che cos'è il mondo e cosa sono gli altri per ognuno di noi? Il mondo è uno scenario in cui l'Io già costituito si esibisce cercando la più ampia affermazione possibile oppure è costitutivo dell'Io? L'Io già esiste e poi si relaziona al mondo oppure viene all'esistenza solo come il risultato di una serie di relazioni? Si tratta di stabilire che ruolo svolga il mondo per l'Io, per poi capire come l'Io si debba comportare verso il mondo e verso gli altri che ne fanno parte. La mia tesi è che la relazione con il mondo sia costitutiva, originaria, essenziale per l'Io, il quale esiste in quanto frutto delle sue relazioni. Ovvero: *Io = relazione*.

Va bene, risponde il mio Callicle interiore, e con ciò? Anch'io sono convinto della natura relazionale dell'essere, anzi lo sono a tal punto che pongo il criterio della vita autentica proprio nella relazione, come fai tu, solo che non mi passa minimamente per la testa di fare il buonista parlando di bene e di giustizia, perché il bene e la giustizia nella natura e nella storia non ci sono, c'è solo lotta per affermare se stessi, e quindi la natura relazionale dell'Io si deve esplicitare come affermazione e imposizione di sé, e non a favore di cosiddetti valori che non esistono. È chiaro?

In realtà, rispondo al mio Callicle interiore, le cose non stanno così ed è anzitutto la natura a dimostrarlo. È dalla stessa natura, infatti, che emerge come il modo più adeguato di vivere la nostra essenza relazionale sia quello a favore dei cosiddetti valori, ovvero di quegli stili di vita che incrementano l'armonia e l'ordine delle relazioni, e non il modo contrario del conflitto e del disordine. E a sostegno della mia tesi presento i seguenti argomenti:

1) la struttura dell'essere;
2) la struttura dell'Io;
3) la struttura della convivenza sociale.

1) La fisica insegna che l'essere è energia. Non c'è nulla di statico, di consistente in sé e per sé, non ci sono sostanze prime, ci sono solo aggregati, insondabili nella loro natura peculiare, perché non si sa se le particelle subatomiche siano in sé corpuscoli oppure onde. La materia è una configurazione provvi-

soria dell'energia, anche ognuno di noi è una configurazione provvisoria dell'energia (certamente provvisoria per il corpo di carne, con qualche ragionevole probabilità di poter essere non provvisoria per quella speciale forma di energia umana chiamata "anima spirituale").[15] La scienza consegna al pensiero una concezione dell'essere secondo la quale ciò che è per altro è anteriore a ciò che è per sé, una concezione secondo la quale la relazione è anteriore alla sostanza in quanto la costituisce, perché non c'è nulla che sia in sé senza prima ancora essere per altro. Esattamente al contrario di quanto si pensava in passato (per Aristotele "ciò che è in sé, ovvero la sostanza, è anteriore per natura alla relazione"),[16] oggi sappiamo che ogni fenomeno vince il disordine del caos presentandosi al mondo come fenomeno ordinato solo in virtù delle sue relazioni, le quali risultano costitutive della sua ontologia. Ma, appunto, fenomeno *ordinato*! La tua stessa volontà, Callicle, e quella di tutti coloro che sono d'accordo con te, può sorgere ed esplicitarsi so-

15. Al riguardo mi permetto di rimandare al mio libro *L'anima e il suo destino*, Raffaello Cortina, Milano 2007.
16. Aristotele, *Etica nicomachea*, cit., I, 4, 1096a, p. 97.

lo perché, prima, la legge dell'armonia relazionale ha composto i tuoi elementi fisici, chimici e biologici in modo così ordinato da rendere possibile il sofisticato livello di complessità e di organizzazione dell'essere che si chiama pensiero e volontà. E tu, che sei il frutto di questa logica relazionale ordinata e armoniosa, pretendi di determinarti contro e a dispetto di essa? Sbagli.

2) Ma scendiamo ancora più nel concreto approfondendo il discorso sul singolo individuo in se stesso. L'Io, come già osservato, è un insieme ordinato di relazioni, particelle che formano atomi, atomi che formano molecole, molecole che formano cellule, cellule che formano tessuti, tessuti che formano organi, organi che formano l'organismo. L'essere umano dal punto di vista della fisica è un sistema estremamente complesso (il più complesso in tutto l'universo conosciuto) la cui esistenza si deve alla logica della relazione ordinata. Per questo la salute del corpo fisico si può esprimere come armonia delle relazioni, e la cosa vale ancora di più per la salute mentale. Un grande esperto di uomini quale fu l'imperatore Marco Aurelio (che pur essendo al vertice del potere coltivava l'idea-

le del bene e della giustizia smentendo così la tesi del discorso degli ateniesi ai meli) annotava che "ogni essere naturale è soddisfatto di sé quando procede per la giusta via", aggiungendo che un essere naturale *razionale* procede per la giusta via "quando dirige i suoi impulsi solo verso il bene comune".[17] Vale a dire che sono il bene e la giustizia a dare quella felicità profonda che dona serenità facendo sì che ognuno stia bene con se stesso. Io sospetto che il problema di tutti i Callicle che regolarmente si presentano sulla scena del mondo sia quello di non stare bene con se stessi e che sia questo malessere interiore a condurli a esprimere la loro instabilità e la loro rabbia in un pensiero destabilizzante e rabbioso.

La predisposizione alla relazione ordinata, in realtà, è inscritta nella nostra stessa carne. Consideriamo il fatto che tutti i cromosomi contenuti nel nucleo delle nostre cellule sono disposti in coppia di 23 + 23, sono cioè, come dicono gli esperti, *diploidi*. Con una significativa eccezione: le cellule germinali, che hanno solo 23 cromosomi e per questo vengono chiamate *aploidi*, cioè semplici, e sono

17. Marco Aurelio, *Pensieri*, cit., VIII, 7, p. 171.

tali per potersi unire con un'altra cellula aploide e fondere con essa i cromosomi componendo una nuova unità vitale diploide. Non a caso queste cellule, cui dobbiamo la nostra generazione, sono state chiamate *gameti*, cioè matrimoniali (*gámos* in greco è il matrimonio). È solo dall'ordine di una relazione che nasce la vita.

Vi è poi il plateale riscontro fornito dalla psicologia. La vita della psiche si esprime come ininterrotta ricerca di relazioni, e tanto più si è dotati di salute psichica quanto più le relazioni sono mature e producono organizzazione, stabilità, armonia. La relazione per eccellenza, unitaria, totalizzante, è l'amore. C'è un così immenso bisogno di amore radicato nell'essere umano che mi fa pensare a ogni singolo individuo come a una specie di cellula aploide, un gamete, un fenomeno intrinsecamente orientato verso l'altro a causa di una specie di mancanza originaria. È l'intuizione espressa miticamente nel *Simposio* di Platone, laddove si dice che gli uomini attuali sono la risultanza di una divisione da parte di Zeus, che tagliò in due la loro natura originaria così che "ciascuna metà, desiderando fortemente l'altra metà che era sua, tendeva a raggiungerla”. Continua Platone: “Dunque da così tanto tempo è connaturato negli uomini il reciproco amore degli uni per gli altri che ci riporta all’antica natura e cerca di fare di due uno e di risanare l’umana natura”.[18] È la stessa concezione antropologica che, nello stesso periodo, l’autore biblico esprime più sobriamente nel primo capitolo del libro della *Genesi*: “Dio creò l’uomo a sua immagine; a immagine di Dio lo creò: maschio e femmina li creò” (*Genesi* 1,27). Naturalmente ci sono anche delle differenze tra il *Simposio* e il primo capitolo del libro della *Genesi*: per Platone l’originaria natura umana comprendeva anche un terzo genere oltre al maschio e alla femmina, l’androgino, e in base a ciò egli concepisce l’omosessualità come un fenomeno fisico e non come una deviazione morale, diversamente da quanto invece avviene in molti testi biblici. Il punto fondamentale per il nostro discorso è però un altro, e cioè che per il testo biblico l’uomo originario è maschio + femmina, è unione di maschio + femmina, sicché i singoli maschi e le singole femmine vivono l’esistenza in una

18. Platone, *Simposio*, 191a e 191d; ed. it. a cura di Giovanni Reale, in Platone, *Tutte le opere*, cit., p. 501.

tensione continua che li spinge verso l'unione della coppia (e l'accoppiamento). Nella prospettiva della Bibbia ebraica è solo la relazione d'amore tra maschio e femmina, carnale e spirituale al contempo, a formare la pienezza dell'umanità; solo nella coppia, che si accoppia carnalmente e spiritualmente fino a essere "una carne sola" (come dice Gesù in *Matteo* 19,6), si giunge alla pienezza dell'essere uomo quale è stato costituito "in principio".

3) L'ordine, che a livello dell'organismo in se stesso si chiama *salute* (fisica e mentale), a livello delle relazioni tra gli organismi si chiama *giustizia*. La logica è la medesima, quella della relazione ordinata. La medicina, il diritto, la politica, l'economia raggiungono tanto più il loro obiettivo quanto più sanno creare relazioni ordinate, e l'azione a favore di un mondo più giusto riproduce la medesima logica che governa l'essere naturale del mondo, cioè la relazione ordinata. Il che ha ripercussioni decisive anche sulla cosiddetta volontà di potenza. Anche a me sta a cuore la potenza, non voglio certo essere senza volontà mia, obbediente soldatino di piombo di una delle tante milizie politiche o religio-

se presenti sul mercato delle idee. Ma l'acquisizione della potenza che spetta a un vero uomo, cioè la volontà *umana* di una potenza *umana*, si determina nella direzione della relazione armoniosa con l'ambiente e con gli altri, e non nel suo contrario. I migliori leader non sono coloro che impongono se stessi a dispetto degli altri e contro gli altri, ma coloro che sanno creare sistema, squadra, organizzazione, cioè concerti di relazioni ordinate. E ciò vale per qualunque forma di leadership, dalla politica all'economia allo sport. Questo significa che proprio per perseguire al meglio l'obiettivo di Callicle, cioè la forza, il metodo più adeguato è la giustizia, perché è solo la giustizia che dà stabilità al sistema. Una famiglia basata sull'autoritarismo in realtà non è forte, alla lunga non regge perché i figli, appena potranno, se ne andranno risentiti. Regge invece quella famiglia in cui l'autorità viene esercitata non con arbitrio ma con giustizia, cioè in cui sono i genitori per primi a sottomettersi alle regole. Il che vale per ogni altra forma di organizzazione umana, dalle aziende agli stati: è la giustizia a garantire il più alto, il più stabile, il più resistente livello di forza. Paradossalmente lo testimonia lo stesso Nietzsche con queste parole: "Se realmente accade che l'uomo giusto resti giusto persino verso il suo offensore (e non soltanto freddo, misurato, estraneo, indifferente: essere giusti è sempre un comportamento *positivo*), se persino sotto l'urto di un'offesa, di un motteggio, di un sospetto personale, l'alta, chiara, tanto profonda quanto mite di sguardo, obiettività di un occhio imparziale, di un occhio *giudicante* non si turba, ebbene, è questo un saggio di perfezione e di suprema maestria sulla terra".[19] Quale esempio del giusto cui si riferiscono le parole di Nietzsche io non posso fare a meno di pensare a Gesù durante la Passione, in particolare al momento in cui dopo essere stato crocifisso dice: "Padre, perdona loro perché non sanno quello che fanno" (*Luca* 23,34).

È in base a questi argomenti che io sostengo che la maniera migliore di realizzare se stessi è stabilire rapporti autentici e giusti con gli altri, e che la reale attuazione del proprio bene contiene la cura di rapporti leali. La cura di sé si consegue più nella linea del-

19. Friedrich Nietzsche, *Genealogia della morale*, cit., p. 63.

l'altruismo che non dell'egoismo. Il bene, in questa prospettiva, non è nulla di straordinario, ma è la realtà più normale e più logica, proviene dall'essere stesso del mondo e coincide con la pienezza della dimensione naturale. Chi fa il bene compie l'azione più logica perché riproduce l'opera ordinatrice del processo evolutivo. Il bene è compimento razionale dell'essere.

## *19. Tre importanti precisazioni*

A questo punto sono necessarie tre importanti precisazioni.

1) La logica della relazione ordinata non esclude i conflitti, anzi a volte per favorire l'ordine delle relazioni minacciate dal caos di una volontà distruttiva occorre proprio combattere, come fece Dietrich Bonhoeffer contro Hitler e i nazisti (grandi ammiratori della linea Callicle-Nietzsche, così come lo erano Mussolini e i fascisti) e innumerevoli altri giusti che non hanno esitato a lottare contro i tiranni e i delinquenti. Tra questi giusti desidero ricordare Giovanni Falcone e Paolo Borsellino che, insieme a tutti gli altri che hanno pagato con la vita l'impegno per la

giustizia e che qui purtroppo non mi è possibile menzionare, rappresentano il frutto più bello della terra delle mie origini, uomini grazie ai quali si può essere orgogliosi di essere del Sud dell'Italia, e le cui vite indicano come la via maestra per risolvere i grandi problemi di quelle antiche terre sia anzitutto la dedizione della mente alla giustizia, la coltivazione della giustizia come valore più alto cui un essere umano possa aspirare.

L'esempio di chi ha lottato per la giustizia insegna che c'è un uso legittimo della forza, talora persino doveroso. La forza non coincide necessariamente con la violenza, esiste un tipo di forza che non *vìola*, ma rimette ordine, argina il caos. Come nell'arte medica si incide, si taglia, si asporta e qualche volta persino si amputa al fine di risanare l'organismo, così con l'esercizio della giustizia: talora bisogna incidere, tagliare, asportare, amputare. Per questo io penso che sia ancora del tutto sostenibile la dottrina tradizionale della "guerra giusta" (nonostante l'uso criminale che ne ha fatto George W. Bush), e che le professioni che fanno dell'uso della forza il senso della loro attività, dai militari ai poliziotti fino ai pubblici ministeri, siano occasione di vita autentica non meno di ogni altra professione.

2) La legge che presiede al farsi del mondo non è pensabile come provvidenza personale, bensì come logica impersonale che nel tendere all'armonia non si cura dei singoli. So bene che per qualcuno, abituato a pensare in termini di provvidenza personale, questa concezione può risultare fredda e inaccettabile, ma non se la deve prendere con me, bensì con chi ha stabilito che le cose nel mondo debbano andare così. E che vadano così non ci sono dubbi: basta aprire gli occhi e guardare, a partire dagli oltre ottomila bambini che ogni giorno vengono al mondo segnati da una delle migliaia di malattie genetiche, fino a incidenti, fatalità, malattie, sciagure naturali che colpiscono come capita, senza guardare in faccia nessuno. La prospettiva di una logica impersonale al governo del mondo (che la Bibbia chiama *sapienza* e altre tradizioni spirituali in altro modo) è l'unica, a mio avviso, che riesca a dare conto della complessità del reale, contrassegnato sia dalla presenza di un effettivo governo, come mostra l'evoluzione in quanto crescita dell'organizzazione a livello naturale e stori-

co, sia da un inenarrabile carico di dolore, ingiustizie, assurdità. Nel mondo io vedo una logica, perché una logica c'è, ma la dichiaro impersonale, perché un'attenzione alla singola persona non c'è.

3) L'ultima precisazione riguarda il prezzo dell'autenticità. Infatti il mio Callicle interiore obiettava più che ragionevolmente che la gran parte della gente indossa una maschera e che quindi andare in giro a volto scoperto all'insegna dell'autenticità può risultare non poco sconveniente. Aggiungo che può esserlo ancora di più per chi, oltre a non avere maschere, non indossa neppure la livrea di un qualche gruppo di interesse (politico, economico, religioso) pronto a intervenire in sua difesa. Un uomo senza maschera e senza padrone può pagare cara la sua autenticità. L'hanno già notato in molti, tra questi Platone, il profeta anonimo i cui scritti compongono i capitoli 40-55 del libro di Isaia e che per questo viene chiamato Deuteroisaia, e Gesù.[20] Kant ha formalizzato il problema parlando di "antinomia della ra-

20. Vedi Platone, *Repubblica*, II, 361a-362b; *Isaia* 52,13-53,12; *Marco* 8,31-38 e paralleli.

gion pratica" e scrivendo che "dall'osservazione puntuale delle leggi etiche non ci si può attendere nessuna connessione necessaria, e sufficiente per il sommo bene, di virtù e felicità nel mondo".[21]

È probabilmente meditando su questa logica talora così illogica al governo della storia, secondo cui il giusto spesso deve soffrire e qualche volta finire schiacciato, che l'ultimo libro del Nuovo Testamento arriva a parlare di "Agnello immolato fin dalla fondazione del mondo" (*Apocalisse* 13,8), come se la creazione richiedesse del sangue innocente per venire in essere e rimanervi. Del resto, se si pensa al carico di dolore innocente che la vita comporta a tutti i livelli, a cominciare dalla nutrizione che impone la macellazione di milioni di animali da parte degli uomini e lo squartamento di un numero ancora maggiore di animali da parte degli stessi animali, si può veramente perdere l'equilibrio e maledire la vita come un'orribile catena di sangue. Il fenomeno teologico-spirituale noto come *gnosticismo* è nato da qui,

21. Immanuel Kant, *Critica della ragion pratica* (1788), I, 2, 1; ed. it. a cura di Vittorio Mathieu, Bompiani, Milano 2000, p. 235.

da questa ribellione dell'anima contro la dura legge dell'essere, come da qui sono sorte molte forme di ateismo contemporaneo.

Per quanto mi riguarda io mi sono convinto, osservando il mondo e studiando le opere dei grandi uomini che l'hanno osservato prima e meglio di me, che l'esistenza è bene e non male, che è meglio essere nati piuttosto che non essere nati, e che la legge dell'essere è la relazione ordinata, cioè il bene e la giustizia e non il caso e la necessità. Tale ordine relazionale che fa della vita un bene non si costruisce però senza il disordine, la negazione, la lotta. Essere al mondo è un bene, ma è un bene che costa caro, e a qualcuno molto più che ad altri. È in questa prospettiva (per me è *solo* in questa prospettiva) che acquista senso il discorso cristiano sulla croce, intesa come accettazione responsabile della sofferenza e della lotta, come volontà di non abbandonare il campo di battaglia, come fortezza nel sostenere l'inevitabile momento negativo del processo dialettico teso all'armonia relazionale.

## *20. Il punto fermo (che non è immobile)*

Archimede di Siracusa desiderava un punto al di fuori del mondo per sollevare il mondo: "Datemi un punto di appoggio e solleverò la terra" (nella celebre versione latina: *Da ubi consistam et terram caelumque movebo*). Ricordo il mattino di tanti anni fa, quando ebbi la certezza che tutto nella vita consistesse nella posizione di un punto fermo in base al quale pensare e collocare se stessi. Forse è un bisogno fisico, prima ancora che metafisico. Il tempo lo si misura ponendo un punto fermo: la luna per il calendario lunare, il sole per il calendario solare; lo stesso vale per lo spazio con il sistema geocentrico ed eliocentrico, e ai nostri giorni le misurazioni spaziali si compiono in base alla velocità della luce, che è una grandezza costante. Lo stesso vale per la vita sociale. Anche qui la coscienza elegge un punto fermo a partire dal quale interpreta la realtà, assegnando tale ruolo perlopiù ai politici, e la gente ripete le idee di questo o di quel leader, talora con le stesse parole. La situazione si ripete per la vita morale, dove il posto dei politici viene preso dagli intellettuali e dai capi religiosi. In quanto fenomeni spazio-temporali, gli uomini, per orientarsi nella vita, hanno bisogno di un punto fermo anche a livello mentale.

In realtà, però, essendo tutto dominato dalla logica evolutiva, non esiste alcun punto fermo, se con fermo si intende qualcosa di statico e di immobile. Né i credenti (perlomeno i cristiani) si possono consolare dicendo di avere Dio come punto fermo, perché il Dio cristiano, se pensato trinitariamente, non è per nulla fermo ma ospita al suo interno il movimento delle processioni e al suo esterno il movimento delle missioni, ed è quindi movimento originario. Dio è un punto fermo ma non nel senso di immobile, come il Primo Motore aristotelico, bensì nel senso di immutabile quanto alla dinamica del suo movimento vitale che è l'amore (perché l'amore, essendo per natura relazionale, richiede necessariamente il movimento). E va da sé che, non essendolo Dio, a maggior ragione non sono un punto fermo né la Bibbia (principio protestante) né la Chiesa con il suo magistero dottrinale (principio cattolico), il quale parla veramente nel nome del Dio vivo solo se consente e incrementa il creativo dinamismo della libertà.

Il punto in base al quale pensare me stesso e gli altri (cioè la relazione ordinata) non è statico ma è dinamico, e tuttavia è fermo, nel senso che produce una dinamica stabile e stabilizzante, tale da generare progressiva organizzazione favorendo la crescita, la profondità e la durata delle relazioni. La vita appare così in una prospettiva che le dà stabilità ma non la immobilizza, che le permette di muoversi ma seguendo una direzione. Il punto fermo di tipo dinamico fa della vita una continua interpretazione, ma con un coerente criterio interpretativo. L'esistenza diviene libera ma non anarchica, non cioè priva di *arché*, di un principio guida con cui camminare.

Che l'essenza del mio essere uomo (la libertà) si compia nella relazione ordinata (il bene e la giustizia) è il punto archimedeo della mia vita. Facendo leva su questo punto d'appoggio sollevo me stesso, posso prendere in mano la mia vita, so cosa sono, attivo la mia natura profonda, ottengo il fondamento tutto mio, individuo la roccia su cui costruire la mia casa.

Su questa base rispondo alla domanda posta all'inizio di questo piccolo saggio: che cosa faccia di un uomo un vero uomo. Un vero uomo è tale per il modo in cui interpreta l'essenza specifica della natura umana, cioè la libertà. Un vero uomo è l'uomo libero da ogni servilismo esteriore, che non si inchina a baciare la mano di nessuno, né desidera che qualcuno si inchini a baciare la sua, atteggiamenti che contrassegnano l'esistenza all'insegna del potere e non della libertà. Ed è libero da ogni servilismo interiore, ripulisce la mente da parole e concetti uditi da altri, se non ne è intimamente convinto. Egli non obbedisce, pensa. Ma pensa per cercare di obbedire alla verità, perché sa che la più dura prigionia è quella verso se stessi e che essa può venire sconfitta solo da un amore più grande di quello verso se stessi, l'amore, appunto, per la verità che si dice come bene e come giustizia. Per questo la vita autentica è all'insegna del viaggio, dell'uscita da sé verso la realtà, fino a farsi compenetrare totalmente dalla realtà e diventare un autentico frammento di realtà, che, come una pietra o come una pianta, esiste senza la minima traccia di menzogna. Per alcuni il viaggio verso l'autenticità sarà un esodo verso una patria, per altri solo un esodo senza patria, un'odissea senza Itaca. Penso però che per tutti valgano le celebri parole dell'Ulisse dantesco, secondo le quali, alla luce della nostra essenza di uomini, la vita autentica è quella vissuta all'insegna del bene (*virtute*) e dell'amore per la verità (*canoscenza*).[22] Impostare tutte le relazioni sulla base di questi valori è la più grande fortuna che possa capitare nella vita.

22. "Considerate la vostra semenza:/fatti non foste a viver come bruti,/ma per seguir virtute e canoscenza": Dante, *La Divina Commedia. Inferno*, canto XXVI, versi 118-120. Che parole così alte siano proferite da uno condannato eternamente all'Inferno è uno dei limiti della dottrina teologica tradizionale, per la cui critica rimando a *L'anima e il suo destino*, cit.